梦想装饰了你的夜，星空揉进了你的梦

如果梦想很美，那么行动就是通向美的路

等一句等不到的晚安，爱一个爱不到的人

挤不进的世界就别挤了，
等不到的晚安就别等了

简 白/著

图书在版编目（CIP）数据

挤不进的世界就别挤了，等不到的晚安就别等了/简白著.—北京：北京联合出版公司，2017.4

ISBN 978-7-5502-9697-8

Ⅰ.①挤… Ⅱ.①简… Ⅲ.①散文集—中国—当代 Ⅳ.①I267

中国版本图书馆 CIP 数据核字（2017）第 024291 号

挤不进的世界就别挤了，等不到的晚安就别等了

作　者：简　白
出 品 人：唐学雷
出版监制：刘　凯　马春华
责任编辑：徐秀琴
装帧设计：仙境书品

北京联合出版公司出版
（北京市西城区德外大街83号楼9层　100088）
北京联合天畅发行公司发行
三河市九洲财鑫印刷有限公司　新华书店经销
字数：181千字　　889 mm×1194 mm　1/32　印张：8.5
2017年4月第1版　2017年4月第1次印刷
ISBN 978-7-5502-9697-8
定价：32.00元

未经许可，不得以任何方式复制或抄袭本书部分或全部内容
版权所有，侵权必究
如发现图书质量问题，可联系调换。质量投诉电话：010-68210805

序 言

在过去的一年里，我尝试了很多新鲜的事情：我搬到了另一个城市，我养了几只狗，我学了一些小时候想学却没有机会去学的东西，写了几本计划中要写的书。生活过得快乐且充实，没有太多世俗的烦恼，也没有太多想要却得不到的东西。在和自己相处的过程中，我越来越了解自己——了解自己的能力和界限，了解什么东西对自己有意义和价值——也因此变得更愿意去努力，更愿意为了理想而奋不顾身地投入……

我想把这些记录下来分享给更多的人，但又觉得有些不好意思，因为教人努力，为了前途去拼搏似乎是一件很落俗的事情。

世人赞赏不营世利、无欲无求：得到了仍须云淡风轻，得不到也要念着"一箪食一瓢饮，身居陋巷，人不堪其忧，回也不改其乐"。可是我并没有这样的境界：计划实现的时候，我欢呼雀跃；失败的时候，我也会沮丧难过。

生活总会给人很多欲望，精神上的欲望，物质上的欲望。我一直在努力着，甚而可以说是在挣扎着，为了实现目标，不厌其烦地一遍一遍去做同样的事情，去忍耐，去执行；有时候赶稿到深夜；有时候不得不凌晨五点起床，横跨大半个北京去谈一个剧本。

因为年轻，所以不想浪费大好时光；因为会老去，所以更害怕虚度光阴。

生活很忙碌，但通过努力耕耘而品尝到的收获又让人觉得万分幸福，充满期许。

我想我们或多或少都在追求，或者说应该去追求——追求成就感，追求尊严，追求爱，追求物质和精神上的富足，追求自我价值的实现——而这些追求没有一样是不需要付出努力就能得到的。

一个因失业而迷茫的朋友找我借书，我推荐了两本励志随笔。他说他更想看哲学，因为努力的道理他都懂，他需要的是思想深度。

上士闻道，勤而行之；中士闻道，若存若亡；下士闻道，大笑之。

把眼光放得太高，把手放得太低，张口闭口必提思想深度，却连最简单的事都做不好，才是我们的问题所在。

我想，大多数人既不是什么"上士"，也不是什么"下士"，而是"中士"吧：尽管明白青春时光应该用来为了未来和梦想去奋斗，尽管明白有耕耘才有收获、有苦才有甜，但有时还是会懈怠，会明明知道应该怎样做，却因为惰性和懦弱一而再再而三地放弃。

所以，需要用这些文字一遍又一遍地提醒自己：提醒自己应该怎么生活；提醒自己应该怎么鼓足勇气；提醒自己应该如何奔赴理想，如何追求如何付出又如何收获。

为了实现更好的自己、更好的世界，谨以此书与君共勉。

简 白
2016.11.22

目录
CONTENTS

Part one 挤不进的世界就别挤了

当与那些你曾经仰望的人并肩站在一起以朋友相称的时候，你所希望的一切才能成真。

圈子不是你想混就能混 / 002

你还年轻，怕什么从头再来 / 007

如果不能读很多书，至少得走很多路 / 012

你还没有资格说"平平淡淡才是真" / 017

你这么努力是为了什么 / 022

比没钱更可怕的是没有方向 / 027

你其实并不明白 / 032

物质方面的压力是最好的动力 / 037

能笑到最后才是人生赢家 / 042

生活不是只有眼前的苟且，还有今后的苟且 / 048

愿你永远好奇，永远热血柔肠 / 053

Part two　你没有必要变成另外一个人

接受自己，爱自己，是人生的必修课，也只有这样，才能做更好的自己。

山的背后，也许什么都没有 / 060

人生最大的任务就是接受自己 / 064

爱情也是需要资本的 / 069

命运不是一两次选择就能改变的 / 075

你以为你们的爱情是被金钱打败的吗 / 080

不是别人看不起你，是你自己太自卑 / 085

问别人不如问自己 / 091

总得有一个人不计较 / 096

姑娘，我说的可爱不是让你装傻 / 101

你以为你有多好 / 106

Part three　接受生活的不确定才能更好地生活

> 人有时候需要身处绝境才能勇往直前，因为后路太多就没有背水一战的决心了——心理学上把这叫作赖在舒适区里。

了解是最好的方式，沉默是最好的回答 / 112

假如你失去了赖以谋生的技能 / 117

不要想控制一切 / 123

不敢为自己争取的人，永远都是弱者 / 128

不要总待在你的舒适区里 / 134

为什么你这么忙，却没有成就感 / 139

你何必让自己活成群众演员 / 144

有什么事，直接说就可以了 / 148

是你允许他这样对待你的 / 153

我们的问题在于要么太懒，要么太急 / 158

Part four 离开沉没的船

站在一艘下沉的船上,如果不能阻止船的下沉,那么离开是唯一能做的事情。

别等到没顶,再跳船 / 164

别让功利心毁了你的热爱 / 168

生活中还要学会及时止损 / 173

你把钱和时间都花在对的地方了吗 / 178

你过得不好也没人欠你 / 183

不是不适合你,而是你太三分钟热度 / 188

那些说爱你的人才伤害你最深 / 192

钓鱼的哲学 / 197

只有自律才能快乐 / 200

Part five　等不到的晚安就别等了

> 爱别人首先得爱自己。愿意为对方成为更好的人，但不是全然不同的改变。

爱别人首先得爱自己 / 208

干得好不如嫁得好 / 213

沟通，重要的不是听他说了什么 / 217

你是如何一点一点失去你的生活的 / 223

过不下去，就离婚吧 / 228

有时候你得接受感情的不纯粹 / 232

过日子，就该找个仗义的人 / 236

别再说"我爱你"了，"我爱你"值几个钱 / 240

除了疾病和贫穷，一切痛苦都来源于价值观 / 244

姑娘，你其实没有你自己想的那么优秀 / 251

PART ONE

挤不进的世界就别挤了

当与那些你曾经仰望的人并肩站在一起以朋友相称的时候,你所希望的一切才能成真。

圈子不是你想混就能混

1

小F给我发了一条微信,向我借钱,数额不多,几千块,但我还是拒绝了他。

我已经数不清这是大学毕业后他第几次找我借钱了。创业失败交不起房租;信用卡到期需要还债;新工作应酬太多,周转不灵……相比于他天天在朋友圈里晒会所、洋酒、各色饭局,我每天起早摸黑在电脑前码字,我实在不知道该说什么。

工作五六年,日日声色犬马,却连几千块钱都没有,若是不知道内情,谁会相信?

事情常常就是这样——愿望与实力不符,实力与圈子不融……

仔细想来,小F其实可以过上更好的生活。大学毕业后,他独自去了北京,找了个挺好的工作。按照常理,工作五六年应该有一些积蓄,至少不愁吃穿。然而,两年前,他忽然辞职了,原因是他认识了两个"富二代"——他说自己抓住了机会,要和他们一起创业，大家平起平坐。于是，每人出资十万，三个人一起开了一家小小的投资公司。

对于这家投资公司，小F有很多憧憬，希望开业一个月后就能实现盈利，一年后就能够收回本钱。然而，那种没有什么技术含量的公司，只能靠人脉和资金运转。小F既没有人脉，也没有足够多的资金，而那两个"富二代"又纯属玩票性质，完全不把公司放在心上，在"烧完"了前期投资后，他们就劝小F申请破产，小F又不甘心，就一个人拆东墙补西墙地苦苦支撑了一年，但最终还是没能撑住……

对那两个"富二代"而言，区区十万块钱只是一两个月的生活费；但对小F而言，那十万块钱却是家里多年的积蓄。我们都很替他担心，希望他能尽快找份工作，脚踏实地做事。谁知一转眼他又用信用卡刷了二十万，跟这两个"富二代"学起了炒股。起初，股市行情从两千多点一路飙到五千多点，小F的本金也翻了一番。但很快二十万就不能满足他的胃口。他不假思索地玩起了"杠杆"，最终，在五千多点之后的一路回落中被强制平仓，连房租都付不起。

那天，他一个人走在北京的街头，给我打了一通电话。他在电话里哭了。他说，人人都说"在什么样的圈子里，就会变成什么样的人"，我认识那么多有钱的朋友，却为什么连房租都付不起？

我不知道该怎么回答他，沉默了很久后，想起一句话：有些人只是住在同一个世界里，而不是共享着同一个世界。

那天晚上，他在朋友圈里发的是夜店里桌子上的一排"杰克丹尼"。

他在图片上方写道：I LOVE MY LIFE。

2

想起自己初入职场的时候，总会因为通讯录里有某某人的联系方式而感到自豪！

"知道吗？我认识那个某某某，我的手机里有他的号码！"

"天哪，你居然认识他！你好厉害！你是怎么认识他的？"

曾经，我乐此不疲地扮演着这样的角色，说着这样的话，怀着这样的憧憬。直到渐渐发现，那些通讯录里的"大腕"除了能换得一些谈资之外，根本不可能变现我的人生。

你潦倒的时候，他不会借钱给你；你需要帮助的时候，也很难向他开口。

是的，你们之间有什么交情？

除了偶然在工作场合遇见，鼓起勇气要来他的联系方式外，你和他非亲非故，连朋友都算不上，你凭什么找人家帮忙？人家又凭什么帮你呢？

而交情，是需要成本的。

你一年的薪水只有十万，人家一个手包就要十万。你在手机屏幕前纠结了半天，发出一条信息："我想请你吃个饭。"人均一百多的海底捞都让你心疼，而人家只是淡淡一笑道："还是我请你吧。"一块牛排六百多，一杯纯净水就要二十几……本着"互惠"的精神，你能回请几次？

朋友是这个世界上最平等的一种关系。不是"做了朋友"，你们就平等了,而是只有平等的人才能够做朋友。

即便你咬着牙,下了血本,把交这个朋友当成人脉投资,每个月跟人家胡吃海喝,希望能换取一些有用的信息,可实际带来的收益或损失未必是你能够承担得了的。

赚钱的项目起投二十万,预计一年的收益是百分之二十,这二十万对你和对他们来说,意义一样吗?百分之二十的年投资收益一年也不过多出四万,只是一份兼职的报酬。而一旦赔了,就是血本无归。可人家有好多好多的二十万分散投资,收益足以应付日常吃穿,即便赔了,也是完全能够接受的。这还只是资本上的优势,没有算上对方人脉圈子的附加价值。真要做朋友、论交情,你能拿什么做等价交换?

"在什么样的圈子里,就能变成什么样的人"这句话本身没错。但是,是否真正属于这个圈子,不是你说的算。而勉强削尖脑袋往这个圈子里钻,得到的绝不会是什么福利——就像小F。

3

对于那些远远高于我们的人,"变现"的途径不是成为朋友,而是把他视作伯乐。当然,这是冠冕堂皇的讲法。实际上,说得难听一点就是有求于人。你没有交换的资本,只能放低自己的身段和姿态,如果放不下身段和姿态,就得努力提高自己的层次。

就像去登山时,你想要和那些站得更高的人说话,要么仰起头,扯着嗓子喊;要么奋力向上,追上他们。至于是选择仰起头,扯着嗓子喊,还是选择追上他们,取决于你更擅长什么。但无论如何，你不可能以平视的方式让站得更高的人和你对话。

我们总以为站在什么样的高度就能有什么样的层次，却忘了，没有到那样的层次，根本不可能属于那样的高度。

圈子不是想混就能混的，付出更多的努力去攀登才是正道。当和那些你曾经仰望的人并肩站在一起真正以朋友相称的时候，你所希望的一切才能成真。

希望小F能早一点看明白，回归到正常的生活中来。

你还年轻，怕什么从头再来

1

有个姑娘在微博上和我聊天，说她一直都对写作感兴趣，却因为工作以及生活琐事占据了大部分时间，没有办法专心写作，所以打算辞职。

她给我发来她的文章，文笔挺不错，写的小故事也很有意思。

我对她说，虽然不辞职，时间挤一挤也会有，但挤出来的时间多半会是碎片化的。而辞职写作带来的是充裕的整段时间，并且因为专职的经济压力，作品的数量也会有很大提高——写作是一门实践性很强的技能，没有数量也不会有太高的质量。

聊了片刻后，我给她介绍了几个相熟的图书编辑和杂志编辑，希望不久之后就能看见她的作品。谁知道大半年过去了，她却没有任何动静。问她是怎么回事，她说担心辞职之后在写作上也没有什么进展，到时候积蓄花光了，一无所有，重返职场，又得从头再来，所以思来想去，最终还是决定放弃。

"整天忙忙碌碌地工作，自然出不了什么作品啦。我不像你，这么洒脱,这么有勇气。"她说道。

这不是我第一次听见这样的理由。

二十二岁即将大学毕业的女孩,纠结着是要考研还是考公务员:研究生毕业后可以在大学教书,可又害怕考研没考上白白浪费了一年的时间,倒不如选择考公务员,毕竟国考之后还有省考,省考不行,还能赶得上事业单位的招聘。

十八岁,高中毕业的男生,纠结着是要复读一年再考大学,还是读三年专科之后出来工作。心中的理想是能读本科,但是害怕复读一年还是考不上大学,却比同龄人虚长了一岁。

还有二十六岁想换工作的白领。

二十八岁想出国留学的博士。

三十岁想学芭蕾的男子……

无法迈出奔向理想的那一步,是因为担心一旦失败,现有的一切将会大打折扣,而为了追上别人又得从头再来,倒不如维持现状,什么都不选择更加稳妥和保险。但问题是,在自己期许的事情上都以稳妥和保险来考量,那么人活着又和没活着有什么区别?

二十几岁,放弃一份工作,又需要多少勇气和洒脱呢?

我总是佩服那些打牌的时候虽然拿着一手烂牌,却最终玩得很出彩的人——他们不怕一时的落于人后,而是平平静静地用努力和时间等来了翻盘。

人生其实也是这样，有的人一出生就万事俱备、顺风顺水，有的人却被开启了生活的"艰难模式"，但"上帝"给每个人的时间都是一样的——不管过得好不好，你过一年，别人也过一年，谁的一年也不会更长，谁的一年也不会更短。

年轻其实是一种资本，是一种可以去不断尝试的资本。即便走错了，也不过相当于拿到了几张烂牌，只要肯下功夫，就会有时间翻盘。

2

大学时认识的一个朋友向往做学术研究，立志要考北京大学的研究生。然而，第一年没有考上，第二年又没有考上。大家以为他会放弃，谁知道他决定再考一次。

"要是再考不上怎么办？"我们问。

他说："那就出来工作呗。"

"那多花的时间岂不可惜了？"

他摆了摆手："有什么可惜的，也不过就是三年，大不了我以后多活三年就是了。"

那一年他真的考上了北大。因为入学之后特别勤奋努力，所以今年又作为优秀交换生去了美国。他在朋友圈里发了一张在自由女神像前的自拍，一脸春风得意。反观那些早早毕业走上工作岗位的同学，哪一个过得比他精彩？害怕来不及，害怕落后于人，却没有意识到，拼死拼活换来的一两年时光根本没有意义。当初他如果也这样顾虑重重，放弃考研而去找工作，那么他在那三年中得到的不过是一点工作经验罢了，今生大概再也不会跨进北大的校门了吧。

不惜一切代价向理想奔赴，只有这样才能在回忆往事的时候说自己青春无悔。

和年纪稍大一点的人聊天，常常能听出他们对年轻人流露出的羡慕之情——羡慕年纪轻轻的，想做什么都可以，想做什么都不晚，想做什么都不用考虑太多。而和年纪小一点的人聊天，又会发现，他们完全没有想象中的那种生猛劲头，而是瞻前顾后，比八十岁的老大爷考虑得还多。

一个刚研究生毕业的姑娘急着找一份事业单位的工作，海投简历，什么考试都来者不拒，问她干吗这么急，她说因为她有计划。

她已经计划好了：三十岁生第一个孩子，三十三岁生第二个孩子。三十岁生第一个孩子，就意味着她得在二十八岁之前结婚；在结婚之前又要相互考察两三年，就意味着最晚二十五岁就得认识她的丈夫；要想认识一个好一点的靠谱的男人，她自己就得有一份好工作；女孩子在事业单位上班，最容易找到靠谱的男人；她今年都二十四岁了，按照计划，当然得抓紧时间赶快找到工作啊。

一席话说得我瞠目结舌。

说她讲得没道理吧，倒也不会——三十岁生孩子挺理想的，二十五岁遇见爱人也挺理想的，可又觉得这样安排实在是没意思。她才二十四岁，就已经把之后十年的人生都安排完了，那么接下来要做什么？只是按部就班地执行计划？

不止是这个女孩，我认识的很多二十出头的年轻人都有这种莫名其妙的焦虑感和紧迫感，总是急匆匆地走在路上，急匆匆地去做一切似乎应该在这个年纪做的事情——工作、恋爱、买房、买车、结婚、生孩子，好像晚一点就是一种失败，就是一种落后。但是，这些事情哪一件不需要细细考虑、谨慎选择呢？

二十四岁时急着找到的工作，三十四岁时可能会发现它根本不适合自己。

二十五岁时急着找到的伴侣，三十五岁时可能会发现他根本不是自己的今生挚爱。

到那时候又该怎么办？辛辛苦苦"节省"下来的几年时间变得一点意义都没有了，待要从头再来，上有老、下有小，成本就真的高了。

暂时的蛰伏没有什么，为了自己心中的理想走一条更远、更艰难的道路也没有什么。喜欢的男孩子不好追求，不喜欢的男孩子唾手可得，难道因为这样，就要和一个不喜欢的男孩子恋爱？爱情是这样，人生也是这样。多花几年时间换来理想的生活是一个再合算不过的买卖，就算没有换来理想的生活也没有关系，因为年轻，就无须惧怕从头再来。

如果不能读很多书,至少得走很多路

1

2004年,我第一次来北京,跟着一个好朋友坐了十几个小时的火车,一路风尘仆仆。

到北京后做的第一件事就是去王府井的全聚德吃烤鸭,因为书上说那里的烤鸭鲜香肥嫩,一口咬下去,酥脆的皮里能流出汁水来。

我不知道去王府井怎么走,便向酒店前台的服务员打听。服务员告诉我距离不远。我于是叫了出租车,五十分钟后,跟朋友一块儿到了目的地。

整整五十分钟的车程,怎么能说距离不远呢?我心里盘算着,必定是司机欺负我们年纪小又操着外地口音,特地饶了远路。我因此一路上闷闷不乐。直到进入全聚德,闻见空气中飘着的烤鸭香味,心情才明媚起来。

因为不知道一个人只吃一只烤鸭够不够,所以捧着菜单坐在椅子上琢磨了半天。下单的时候,因为太贵,最终还是每人只点了一只烤鸭。

那一年我十四岁。我不知道北京城这么大——在我居住的南方小城,从城南步行到城北不过四十分钟;也不知道烤鸭这么大——此后整整一个星期,我都在忙着消灭那只吃剩下打包回酒店的烤鸭。

年轻时的无知总是能够让人发笑,但一个人不可能永远年轻,却可能永远无知。岁月增长,见过的世界却没有随之变得更大,就不再是一件好笑的事情了。

2

前几天,朋友圈被一篇北京大学毕业在人民大学当老师的人的文章刷了屏。通篇内容都在指责北大保安因为这位老师没有携带身份证就将其拦在门外是一件多么不正确的事情。大概是想要学习某些文人的"豪放姿态",文章的标题用了一句脏话,正文里也多处出现类似的言语。结果文章一经发表就遭到了北大校友和网友们的炮轰。

"这么粗鄙的语言和这么重的戾气,简直是丢尽了北大的脸。"

"他到底是怎么当上人大老师的?"

网友们自然没有北大保安那般客气。这位作者很快就顶不住压力了，只能将文章删除了事。

平心而论，文章写得的确很糟，但不是糟在言语粗鄙或者戾气太重，而是糟在字里行间透露出的浅薄的嚣张和小题大做。文章中只字不提学校的安全问题、规章制度问题，却提到了自由和平等——明明自己有错在先，保安最终还予以了通融，却像受了什么天大的委屈，愤愤不平到必须撰文从管理制度到北大精神都痛斥了一遍。

文不对题，题不对事，作者却全然没有察觉，像极了少年人，因为被老师批评了几句就开始愤世嫉俗、撂狠话："哼，你给我走着瞧！你们都走着瞧！"

只可惜，他已经不是一个少年了。

智慧并不会随着年纪的增长主动融入你的生命，而悲悯、宽容和自省更需要一颗拥有阅历的心。

法国国王路易十六被送上断头台的时候说："我的灵魂是清白的，我原谅我的敌人！"玛丽皇后不小心踩到了刽子手的手，脱口而出："对不起，我不是故意的！"

说"人的地位没有高低贵贱"是骗人的，但一个真正有见识的人更能够克制那种自以为高人一等的态度。

3

见识对于一个人的发展有多重要呢？

见识对于一个人的发展的重要程度就像打《星际争霸》时你开了多少地图一样。看了地图，你才知道自己的位置、资源、处境和接下来最佳的行动方案。

这是"知乎"上的一个问答。

我总觉得这个答案特别好——言简意赅,通俗易懂。

人生大多数时候真的就像在打游戏,除了可以重新开始外,你在游戏里认识朋友,服务于团队,致力于实现目标和愿望,这一切与现实生活并没有什么本质上的不同。

你看见的世界越多,就越知道"人外有人,山外有山",越不容易犯错误,越能从容地做事情,越容易被认可,越能得到和把握机会。

只不过,在游戏里,我们用地图了解世界;而在现实生活里,我们用眼睛——有时候用自己的眼睛,有时候用别人的眼睛——走很多路,或者读很多书。

如今反智言论盛行,人们总喜欢以一些学历不高的成功人士为例来证明读书无用,好像这些成功人士之所以成功就是因为学历不高一样。其实,说这些话的人更应该看看,那些敢在20世纪80年代放弃工作下海经商的人,那些赶上互联网时代赚得瓢满钵满的人,哪一个不是见识广博、胆识过人?

开发一个像阿里巴巴这样的网站并不难,难的是最早发现这样的商机。如果当年马云没有得到目睹美国的互联网产业发展的机会,那么阿里巴巴还会是马云做的吗?

不管是个人的历史,还是整个人类的历史,成功多半都是因为见过更多的世界。

趁着年轻，如果能读许多书，就去读许多书；如果不能读许多书，那么能走许多路也是好的，即使不能遇见更好的未来和更好的自己，至少能在一个不该让人贻笑大方的年纪里不抛出让人贻笑大方的话。

你还没有资格说"平平淡淡才是真"

1

一个久未联系的朋友在朋友圈里发了一条动态,说毕业几年,学生时代的豪情壮志都被抛到了脑后,每天上班下班,过柴米油盐的日子,不再去追求什么诗和远方,也懒得理会功名利禄,到头来发现,原来平平淡淡才是真。

一番话说得潇洒脱俗,只是和他的身份不配:拿着4K的月薪,租住在一个放衣橱都费劲的小单间里,每天挤地铁、吃打折外卖,却说什么懒得理会功名利禄,哪来的资格?

常常能碰见这样的人,操着和自己不相干的心,说着和自己不相干的话,明明日子过得紧巴巴的,却要痛斥物质欲望,明明穷得叮当作响,却觉得有钱人都不快乐。

有钱人生个病,他们说:"你看,赚那么多钱干吗,健康都没有了。"

有钱人失个恋,他们说:"你看,天天扑在事业上,老婆都和别人跑了。"

最后得出一个结论：还是自己这样最好，平平淡淡，踏踏实实。

言下之意：别人的日子每天都是血雨腥风、如履薄冰。

说"钱买不来快乐，买不来健康"，无非是自我安慰的假话。带那些贫民窟里的孩子去迪士尼玩一次，给山区里的那些贫困家庭送去柴、米、油、盐、衣服、被褥……愁苦的脸立刻就舒展开了。

钱不够多的时候，得到钱就会得到快乐，否则以小博大的博彩业也不会那么令人着迷了。

鄙视和质疑有钱人，不过是为自己没有能力也不想努力找的借口。

2

学生问老师："像我这样家境中下，成绩也中下，又不太勤奋，也没有什么人脉的人，大学毕业之后会怎么样？"

老师想了想说："那你大概会是社会最底层的那群人中学历最高的。"

听起来很好笑，但这不是一个笑话，而是一句实话。

大学扩招了二十年，重点高中的本科上线率几乎达到了百分之九十以上，大学毕业生越来越多，也让大学教育的含金量越来越低。随便上一个招聘网站都会发现"大专以上学历"是各个企业的入职门槛。这意味着你苦读了十几年，也只是拿着一个进入社会工作的标配学历而已。在这种情况下，没有很好的家境，自己又不勤奋，那么除了沦入社会底层，还有什么其他的可能性？

一个写鸡汤文的朋友常说："逼着我们前进的不是诗和远方，而是我们背后的万丈深渊。"

想告诉自己"平平淡淡才是真"，那你至少得历经过波澜壮阔；想要说"钱买不来快乐和情感"，那你至少得是个有钱人，否则又怎么能逃得过这只是精神鸦片的嫌疑？

追求不要功名利禄、恬静平淡的生活没有错，但那是没有后顾之忧的情况下，是一种真正的怡然自得，而不是租住在连衣橱都放不下的小单间里，不思进取的自我安慰。

3

龙应台给安德烈写过一本书，叫作《亲爱的安德烈》。书里讲到了一个叫提摩的人，这个人喜欢画画，每天坐在窗户前画长颈鹿，"长颈鹿的脖子从巴士顶伸出来，穿过飞机场，走进一个正在放映电影的戏院……"提摩心灵手巧，除了画画，还学过木工、修锁、翻译，但是他一直没有工作，到四十岁时还在靠母亲生活。

他过得恬静平淡吗？

当然。不用工作，不愁吃穿，每天睡到自然醒，还能做自己喜欢的事——画画。

但是他快乐吗？

我很怀疑。

一个成年人连自己都不能养活，他的自我价值感和成就感来源于何处？没有自我价值感和成就感的内心怎么会快乐？

自食其力能带给人最基本的尊严和自信。有尊严和自信心，才能有勇气去面对生活，承担责任。

龙应台在文末对安德烈说："孩子，我要求你用功读书，不是因为我要你跟别人比成绩，而是我希望你将来能拥有选择的权利，选择有意义、有时间的工作，而不是被迫谋生。当你的工作在你心中有意义时，你就有成就感。当你的工作给你时间、不剥夺你的生活时，你就有尊严。成就感和尊严，给你快乐。"

同样，我们努力奋斗不是为了要去追求灯红酒绿、锦衣华服的生活，而是为了能够拥有自己的那份成就感和尊严。因为只有拥有了成就感和尊严，我们才能真正享受到平淡恬静的生活，才有资格说"懒得理会功名利禄"这样的话。

4

有人说，这是个拼爹的时代，再努力，也比不上人家一出生嘴里就含着一把金汤匙。但正因为这样，你再不辛苦努力，生活就更没有什么盼头了。

我刚开始从事写作这个职业的时候，能够选择的余地很少，只要付钱，让我写什么都行——从公司的报表、软文、策划文案到论文、小说、早教读物。很多时候一千字只有30块钱稿酬。为了尽快赚到足够的钱，我每天要写一万多字。

我住在很破的房子里，每天一睁开眼就开始工作，一直工作到很晚。别人都说，你那么辛苦干吗，还不如去考公务员，去公司上班，去嫁个有钱人。可我不觉得苦，反而觉得很充实。看着日子一天天好起来，收入一天天多起来，生活慢慢步入正轨，从事的还是自己喜欢的事，没有什么比这更让人满足了。

时过境迁，你回忆往事，那些最让你印象深刻、充满希望的日子，恰恰是这些为了前途拼命努力的日子，而不是那些悠闲的日子。

如果把人生当作赛跑，对成功的唯一评价标准是财富积累，恐怕很多人一辈子都跑不过比尔·盖茨或者李嘉诚，很多著名的科学家、作家、画家在这条跑道上也不是什么优秀选手，但是你不能否认他们散发着的光芒有多耀眼。

人生的评价体系是多元的，审美方式是多样的。比起赛跑，人生更像是一个雕琢艺术品的过程，只要你用心经历，努力打磨，终究能得到一个美丽的作品。

不怕起点低，就怕你过得不好又不想努力，却说"平平淡淡才是真"，那么上帝也救不了你。

你这么努力是为了什么

1

我刚来北京的时候,在长安驿附近短租过一段时间。

和我同租的女孩儿,每天早上六点钟起床晨练,八点钟去上班,晚上下班回来还要给附近的小孩子补习英语,周六周日全天不休,一个月只给自己放一天假。

有一回,我和她走在街上,看到了一张幼儿美术班招兼职老师的启事。我正要忽略走过去,她却停下来端详,居然又来了兴趣,她说自己是科班出身,教小孩子一点问题也没有,只是需要把时间再压缩压缩,挤出一个工作日来。就这样,她把每个月唯一的一天休息时间也放弃了。一整个月下来,我几乎见不到她几面。

我问她为什么这么拼。

她说:"因为想在北京有个可以落脚的地方。"

我说:"北京房价这么高,你一个姑娘有必要买房吗?"

她说:"有,太有必要了!

以前和男朋友住在一起，每次吵架吵得厉害时，他就让她滚——房子是他的。她想撞门而去，却没处可去。

"如果我有一个自己的房子，哪怕很小很小，也没有人能在那里叫我滚。"她看着我，"所以，我无论如何也要有一个自己的房子。"

2

在公司上班时，公司里有个长得特别憨厚的同事很热衷于赚钱。他每天上下班时都会把名片放在口袋里，一上公交车就开始发；周六周日走街串巷地拜访客户，和人聊各种理财产品；工作日的晚上也不闲着，在海边支个烧烤摊卖烧烤，夜里两点才回家。

有一回同事聚餐，他吃着吃着就睡着了。大家都没忍心叫醒他。他自己醒来后觉得特别不好意思，和大家解释："对不起，我太累了。"

大家笑他是个财迷，钱又赚不完，何必把自己弄得那么累。

他撇撇嘴说："钱是赚不完，但不去赚也不会有钱呀。"

后来讲起从前的经历，我们才知道，他曾经喜欢过一个女孩，女孩的家境特别差，父亲生病欠了一屁股债，他家里死活不同意他们在一起，怕他被拖垮。两个人抵不过现实的压力，最终分手了。

"如果多一点钱，那么下一次遇见爱情的时候，就不会那么狼狈了。"他对我讲。

有些人因为受过委屈，所以努力。

有些人因为错过，所以为了能把握住未来的机会而努力。

......

努力的原因各种各样，但无论如何，这世上最不可能辜负你的人就是你自己。

你最清楚自己想要什么，也最能不计回报地替自己实现愿望。

你可以拼命努力，可以奋不顾身，可以像他们一样，把一分钟当成两分钟用，把一天当作两天用。

但是，你是这样做的吗？

3

一个姑娘在网上发帖，说自己要买房，先生不同意。他们当地的房价是一平方米五千，两个人努努力绝对能够攒下钱来买一套房子。但她先生说房价虚高，可能会崩盘，所以现在买房不划算。不管她怎么说，她先生都不听。他们的孩子已经5岁了，至今一家三口还住在公公婆婆的房子里，生活中有诸多不便。

"该怎么劝他？"姑娘诚恳地向大家求教。

评论里的建议五花八门。有人说："五千块钱一平方米的房价不算虚高，能买趁早买。"也有人说："楼市不会崩盘，她先生的经济头脑就是一团糨糊。"还有人说："既然是自住房，根本不用考虑是否有投资价值。"

这些建议在我看来其实都不怎么有用，因为她先生所说的一切理由都只是在给自己找借口罢了：一下子要掏出去这么一大笔钱，意味着日常生活会变得更加辛苦；钱不够多，又不想去赚，不如就赖在自己父母家中,反正对父母来说,只有妻子才是外人,自己有什么不方便的?

钱多到可以随心所欲的时候,他又怎么会扯划算不划算的事情?

我对那个姑娘说:"要不你自己攒钱买一套,虽然困难了点,但不管怎么说,万一和婆家闹别扭了,至少有地方可去。"

姑娘回复:"这是夫妻俩的事,哪能一个人说得算?"

真是"居家旅行,必备良妻"。我还想开导她,可姑娘说自己的丈夫饱读诗书,物质欲望比较低,并不是小气舍不得花钱,也不是不替自己考虑,只是对生活质量没太多要求罢了。

一副崇拜的样子,还真是令人不解。

带他回去和岳父、岳母一起住一段时间试试,就知道他是不是真的对生活质量没什么要求了。

人从来都不是什么理性的动物——人的理性都是由情绪支配的。

4

不努力的理由有一万条:我太累了,我不想追求那样的生活,我物质欲望低,我觉得平平淡淡才是真……

然而,等到选择摆在面前时,你就会开始后悔自己因为没有努力,已经失去了选择的机会。

因为不够优秀,所以在寻找伴侣的时候没有选择的机会。

因为不够富足,所以在理想的爱情面前没有选择的机会。

因为寄人篱下,连生气的权利都大打折扣,没有选择的机会。

因为学历低、资历少、能力低,所以在喜欢的工作面前没有选择的机会。

老妈常说:"年轻时候的苦不算苦,老了以后的苦才是真的苦。"

趁着年华未老挥洒汗水,总比老了以后在病榻上扼腕叹息来得好。

我不知道你努力是为了过上更好的生活,还是为了弥补过去的伤痛,又或者是为了给下一代一个更好的未来,但我知道如果你不努力,这些都无从谈起。

比没钱更可怕的是没有方向

1

七八年前我还在念大学的时候,认识了一个哥们儿。这哥们儿在一家小国企做保安,月薪两千二,平时上下班却开着一辆"宝马七系",晚上泡夜场时价格不菲的洋酒十几二十瓶一字排开——消费水平和收入完全不符。

我一直以为他在做什么不法勾当,甚至暗自揣度他可能是个间谍,平时以保安的身份掩饰自己。直到我发现,他在本市最豪华的商业中心有四家店铺和三套房产为止。原来他的收入全来源于租金,一个月保守估计十万有余。当然,这些店铺和房产不是他自己挣的,而是他从父亲那里继承来的。

他父亲老来得子,却觉得这孩子天资平庸。为了安顿好他的下半辈子,父亲临终前几年收掉了生意,给他置办了物业;因为担心他交友不慎,染上赌博,还给他找了这份国企的工作,虽然只是保安,但破天荒的竟然有编制——即便因为赌博倾家荡产了,至少有个单位可以依靠，国企不轻易开除有编制的员工，那么他就不至于饿死，不至于看不起病。

可怜天下父母心，什么都替他想到了，而他也的确如父亲想的那样，虽然没什么能力，但不赌博、不吸毒，唯一的爱好就是下了班泡夜店，喝点小酒，酒瘾也不大，喝一杯就醉。但谁知道，这样潇洒而轻松地生活着，他却会得抑郁症呢？

反反复复地吃药、停药，最终，在一个黄昏，他从21楼跳了下去。

他在遗书里说："生活没有什么盼头，好像什么都有了，但又好像什么都没有，每天不知道要做什么，做什么都觉得没意思，特别茫然。"

大家感叹他身在福中不知福，过得那么富足，那么让人羡慕却要寻短见？

其实这世上最可怕的不是没有钱，最可怕的是失去了生活的方向。

2

我后来常常想，假如他没有一个这么精明能干的父亲帮他把未来考虑得如此周详，是不是就不会死了呢？当他想要的一切东西都需要自己拼命努力才能得到时，是不是他就没有那么多闲工夫去思考人生了呢？

像大多数处于他那个年龄的年轻人一样，为了给心上人一样贵重的礼物,他需要辛苦工作,攒一两个月的薪水。为了让孩子能上好学校,他需要费尽心思买学区房,每个月还月供。生活一下子多出很多的目标和障碍,他得逐一应对,个个击破。想要的东西不再唾手可得,他做的大多数事情就都被赋予了意义——为了过得更好而奋斗。

人生不就是一个寻找意义、追求意义的过程吗?

可是他的父亲太过精明能干,他想要的一切都太容易得到,他自己又没有与财力相匹配的野心和精神生活,每天睁开眼睛,不知道自己要做什么,为什么而活,痛苦可想而知。

3

有时候,我觉得自己挺能理解这种感受的——被无所事事的恐慌淹没。

曾经有一段时间,杂志社不景气,常合作的那几家杂志一个接一个地倒闭,我不知道该做什么。刚开始,还安慰自己,不用赶稿子了,可以每天睡到自然醒,可以有时间逛街、逛淘宝。但一个星期后,那种空虚和迷茫的情绪就慢慢地滋生了出来。我开始怀疑自己会一直这样下去。我想找一些事情做,但是又不知道到底该做什么:杂志社不景气,还要与杂志社合作吗?或者改写网文,又或者走编剧的路……

那种明明有满腔热情,却不知付诸何处的感觉太过糟糕。

与他不同的是,我没有那么多钱,可供选择的方向也不多,但总会找到一个——找到了就会得到，得到了就会收获快乐。但是，他却没有这样的快乐。当"得到"不能带来喜悦的时候，人也就不看重"得到"了，久而久之，就失去了做事的动力，变得无所事事，而这恰恰是最可怕的。

无所事事有多可怕呢？有人做过一个实验。

他们找来了一帮人，让这帮人分别待在不同的小房间里，先给他们看一些东西，比如电击器、照片，并让他们评估这些东西的有趣程度，而后让他们尝试接受电击，几乎每个接受了电击的人都表示，宁愿不收实验的钱甚至倒贴钱，也绝对不愿意再接受一次电击。而后，实验员离开房间，留给被实验者长时间的空白，他们不可以打电话和人交谈，只能坐在房间里摆弄那些先前出现的东西，结果，竟然有百分之七十口口声声不愿意再接受电击的男性，百无聊奈中选择了再次电击自己，有百分之四十多的女性也选择了电击自己，而这些人中有大量的人甚至不止一次地电击了自己。

无聊比被电击更可怕，长时间的无聊比死还可怕。你以为那是清闲，可实际上是一种酷刑。长寿老人从来都是有生活目标、持续工作的人。而老年人得抑郁症的概率在其退休之后会明显升高，死亡率也会升高。

有人说，我明明有自己的事业，生活也安排得满满当当的，可是为什么仍然觉得迷茫、空虚呢？

什么样的工作才能称之为事业？什么样的安排才算是不虚度光阴？

大多数人所谓的事业，不过是上班下班；所谓的安排，也不过是在打发时间罢了——回家看电视、追剧、做美容，又或者打游戏、到社交平台上去浏览一番。于是，一天过去了，两天过去了……生活仍旧一成不变，等到停下来回顾过往，才发现好像什么都没做。这样的生活再满满当当也容不得思考，因为只要一思考就会发现一切都面临崩塌。

我无法给出确切的答案：什么样的工作才算是事业，一个人应该怎样做才能收获真正的成就，因为对每个人来说，事业和成就的定义都是不同的，它们与内心的渴望有关。

苏格拉底说："未经审视的人生是不值得过下去的。"而在寻找人生的方向时，更需要审视自己的内心。

在生活中，比没钱更可怕的是没有方向：没有钱，你还可以去努力赚钱；而没有方向，有再多的钱你也只会茫然四顾罢了。

你其实并不明白

1

我上大学的时候,有一次在商场举办的活动中抽到了一张当地最豪华的酒店的游泳票——市面上要卖二百元。据说那里的泳池全年恒温,淋浴房可以光脚进去,桑拿、汗蒸、按摩池应有尽有……

抽到奖的当天,我就特别兴奋地在淘宝上买了一件一百多块钱的游泳衣。我心想,在那么好的游泳池里游泳,当然要穿贵一点。于是,泳衣一到,我就去了那家酒店。

因为不是周末,所以泳池里的人特别少,偌大的池子里,除了我之外,只有三个女士。她们聚在一起讨论化妆品和出国旅游的事情:一个说SKⅡ七百多块钱的爽肤水被曝光有激素,用了两次就闲置了;一个说法国新出的"人皮面膜"修复功能不错,可以搭配激光护理;一个说前段时间坐邮轮去日韩旅游感觉很好……

她们说了很多我没有听过的品牌以及想买又买不起的东西、想去又去不了的地方。

我当时心想,不过就是游个泳,干吗非要显摆自己很有钱的样子，真是无聊又肤浅。于是，我露出鄙夷的神色，从她们身边游走，觉得自己简直是傲骨清风。

回到宿舍，和舍友说起在酒店里的见闻，她们的反应也同我一样。

用SKⅡ、花上万块钱去做一个疗程的皮肤护理、出国旅游……在当时的我们看来毫无疑问是炫富行为。

我们一起嘲笑那三个女士的虚荣、无聊。直到多年后重聚，才发现我们聊天的内容和她们并无二样。

"还记得当时我们是怎么说人家的吗？"一个舍友忽然提起。

几个人回想起来，都笑了，笑自己当年真是又穷又无知——原来那不过是那个年龄段的白领的正常生活而已。

2

还是上大学时，有一次被人喊去拍平面，同去的姑娘们一路上都嘻嘻哈哈的，特别好相处，可到了摄影棚里，大家换了衣服，在镜头前就全都变了样子——凹着各种造型，或性感，或可爱，嘴唇微张，眼神迷离，与之前判若两人。我心里觉得很别扭，刚才还懵懵懂懂的小姑娘，一下子就变成了妖艳女郎，敢情小姑娘的模样都是装的啊！轮到我站在镜头前时，我什么造型也做不出来，我不觉得难堪，相反，我觉得自己自然不做作，和她们不是一类人。直到摄影师皱着眉头说"你怎么那么不专业"为止。

那天我浪费了大家很多时间，摄影师不得不一次又一次地停下来告诉我应该怎么摆姿势。后来再去拍摄时，就没有人喊我。我这才意识到我所谓的"不做作"有多么可笑，而人家那些"妖艳"全都是拍摄需要。

我们对自己的评估和判断在多大程度上是准确的呢？我们对周围的环境和他人的看法在多大程度上不是以己度人？

据说只有抑郁症患者才可能过低或者完全正确地评价自己，而普罗大众则往往倾向于高估自己。随机找来几个人，让他们对自己的相貌在这些人中的排名打分，从零分到十分，排名最低的得零分，排名最高的得十分。如果这些人对自己的评价都是正确的，那么最后的平均分应该是五分左右。但结果是，平均分远远高于五分，大多数人都认为自己的相貌中等偏上，没有一个人认为自己的相貌是这些人中最难看的。

对自己的估量尚且如此，更何况是对自己不了解的事物？

3

不管什么事情，在没有真正了解前就贸然发表意见都是没有益处的。

有一次和一个圈子里的前辈约在饭馆见面，和我同去的还有另一个朋友。正和前辈聊得欢时，那个朋友却哈欠连连，直说困了要走。回去的路上，我问朋友怎么了。他说："你们太装了。就不能聊一点正常的东西吗？扯什么文学审美，扯什么当红作者，生怕别人不知道你们是写东西的。"

还有一次在地下停车场，迎面来了一辆豪车，开车的是一个三十出头的女人。我旁边的一个姑娘立刻撇着嘴断言那个女人是小三，靠男人上位才这么有钱。但我恰好认识那个女人，她真不是小三，也不是靠男人上位的，她是一个制片人，凭自己的本事赚钱。

我们总是习惯带着恶意去揣度别人，用自己的标准去衡量别人。

你不做一千元一次的面部护理，你就觉得那些谈论一千元一次面部护理的人都是在显摆。

你不用奢侈品，就觉得用奢侈品的人都华而不实。

你不会赚钱，就觉得年纪轻轻的有钱人要么是被包养的，要么是"富二代"。

你生活得粗俗，就觉得那些不粗俗的人是假装高雅。

你无知，就觉得有学问的人都是在卖弄。

你不忠贞，就觉得你所犯的错误是全天下男人都会犯的错误。

……

恶意揣度别人恐怕是一种最廉价的"自我安慰剂"了。它常常让你产生一种"举世皆浊我独清"的幻觉，或是产生一种"全世界都和我一样"的错觉。

但是，为什么要让自己产生这样的错觉呢？

想起小时候看过的一篇心灵鸡汤，题目叫作《再看一眼》。文章的作者想要描写一个懒汉，就跑到乡下去采风。他走啊走啊，终于在一片苞米地里看见了一个坐着收苞米的男人。那个男人坐在椅子上，慢吞吞地采摘着苞米。作者心里一下子就激动起来，还有什么人比一个坐在地里干活的农夫更懒？他对小说里的人物形象有了把握，于是心满意足地往回走。走到拐角处时，他忍不住又回头看了一眼。就是这一眼，让一切就都不同了——作者发现，那把高高的椅子旁边还有两根拐杖，农夫实际上是个残疾人，原本懒惰的形象立刻变得伟岸起来。

作者在鸡汤文的末尾总结道："不管遇到什么，当你想要下结论的时候，请再多看一眼。"

很多事情，你以为你明白了，但因为没有亲身经历过，没有切实了解过，所以实际上你并没有真正明白。

物质方面的压力是最好的动力

1

朋友说,艺术家最辉煌的创作时期永远是饿不死也吃不撑的那段时间。饿不死保证了他们的创造力,能暂且不为五斗米折腰,坚定不移地追求艺术;而吃不撑又保证了他们的创作动力,毕竟是门"按件计价"的手艺,多劳就有多得的机会。

朋友说得没错,但不只是艺术家,对任何一种职业、任何一个人来说其实都是这样:当赚的钱不至于多到想要什么都有的地步,也不至于温饱不足时,物质上的欲望和压力就成了动力。

那些物质欲望更强烈的人,往往也更容易成功。

我的一个朋友几年前做淘宝刷单平台主持时收了一个徒弟。

那时候淘宝商家为了信用刷单比较严重,朋友有些门路,就从广告商那里接单,然后派发给下线刷单,从中抽取利润。

有个男生刷单很勤快,介绍了很多人来接朋友的单,还一口一个"师父"地叫着，于是朋友就收他做了徒弟。那个徒弟通过她结识了不少广告商，几个月后就有了自己的原始单子，也开始做起了主持。他和朋友说，这不是个长久生意，问朋友有没有兴趣和他一起开一家广告公司。

朋友当年刚刚毕业，靠这个刷单主持每月都有两万来块钱的收入，对广告公司兴趣也不大，最主要的是经过一段时间的接触，朋友开始讨厌起了这个徒弟，她说这个徒弟爱慕虚荣，物质欲爆棚，老是在群里炫耀自己买的手表、车子——她特别反感这样的人，所以不仅没有和他一起做广告公司，几次联络未果之后还把这个家伙从手机联系人里删除了。

再后来，淘宝接单生意渐渐不好做了，朋友就去了一家小公司上班。前段时间，朋友在网上偶然得知她那个徒弟已经摇身一变，成了某知名广告公司的老板，对比起自己境况的大不如意，朋友后悔了。

"你说我当时怎么就没想到，像他那样爱慕虚荣、物质欲望爆棚、行动力又强的人迟早有一天会成功呢？"

是啊，欲望是最好的动力。

一个淡然的人会过着淡然的日子，一个渴慕物质的人也总是会想方设法去满足自己。我们喜欢抨击物质欲，好像拥有物质欲是一件庸俗的事情。到头来却不得不承认，那些物质欲望强烈的人总是更容易获得世俗意义上的成功。

2

人是有惰性的,不管从事什么工作,也不管对这份工作热爱与否,这种惰性都会持续存在。

我认识的几个在写作上小有成就的人,基本上都是没有退路的全职写作者。不是因为全职写作者更有天赋,而是因为他们投入的时间和精力更多;投入时间和精力更多的原因也不是全职,而是因为他们要靠卖文来养活自己。那些表示只为兴趣而写作,并不想迎合市场的写作者,行动力总是大打折扣。一个月前唠叨的小说点子,一个月后也不见得能动笔。问他们为什么没有动笔,理由繁多:没有灵感,没想好细节,写了一半感觉味道不对……而这种情况在全职作者中根本不可能出现。别说有点子了,就算没有点子,也得每天坐在电脑前,坐满八个小时。

和经济压力比起来,灵感是一个过分虚幻的词,只要你愿意静下心来,或多或少,你总能写出东西。如果作家都是等到有了灵感才写作,那么恐怕早就饿死了。

一位写作上的前辈表示,每当他觉得才思枯竭、工作效率低下的时候,就会去购物,给家里添置一点昂贵的东西——存款少了,负债多了,晚上躺在床上想着每个月的贷款,工作效率自然而然就提高了。

为了自我实现去写作的说辞,永远没有"为了下个月的面包"来得更让人愿意行动。在真实的物质压力面前,懒惰才能被克服。

3

公司同事一改从前吊儿郎当的态度,工作积极认真起来,婚姻生活中的和谐劲儿比刚恋爱的时候还要浓郁。大家都感到奇怪,问她怎么回事。她说:"买房了。"

每天早晨一醒来,就欠银行三百大洋。架不敢随便吵,工作之外的闲工夫全都用来继续工作,婚姻的稳定程度简直是空前绝后——毕竟两人谁离了谁,薪水可都负担不起生活。

"结为夫妻,就得共同负债。"她一副过来人的口吻。

想来那些老式婚姻之所以稳固,很大一部分原因兴许也就在这儿——夫妻俩就像合伙人,先盖一套房子,再生一个孩子,一个工程接着一个工程,劲儿往一处使,目标是一致的,压力是共同的,谁要是有二心,谁要是想偷懒,那看看邻居家漂亮的砖瓦、自己家嗷嗷待哺的孩子,动力立刻就又来了。

生活虽然不一定都得过成那样,但不能否认,逼着我们向前的动力很大一部分就来源于这里。

那些热衷"买买买"的人大概也有了借口:"不花钱,又怎么会想要赚钱呢?"

钱不是省出来的,幸福感也不是通过克制自己的物质欲望得来的。

物质上的欲望再庸俗,带来的快乐也很真实。

4

我总觉得，这世上百分之九十九的问题都可以用钱解决。

夫妻吵架，女方嫌男方不愿意做家务，男方嫌女方带不好孩子。要是有钱，不喜欢做家务就请人来做，带不好孩子就请人来带，矛盾自然也就不复存在了。

看到商场里有漂亮的衣服，选来选去也选不出买哪件合适：这条版型不错，但颜色偏艳；那条颜色正好，版型又似乎没这条合身……犹豫再三，懊恼纠结。

其实还是荷包不够充裕，否则有什么好选的，凡是看得过眼的，统统包起来就是。

生活的不顺遂、工作的辛苦、家务的劳累，几乎都能成为压垮一个人的力量，但如果手头宽裕，那么多半的不顺遂、辛苦和劳累也就都迎刃而解了。

少年时憧憬"有情饮水饱"，待到年纪越大才越知道物质基础更可能决定爱的高度。不是情感脆弱，而是在良好的生活环境中，人们不容易生出嫌隙、猜忌。原本没多好的感情，在不吵不闹中也就一日强似一日；原本如胶似漆，也经不住日日的矛盾。

没有经济上的自由，又怎么会有生活上的自由呢？有物质欲望从来不是一件丢人的事情，有了欲望我们才能有向前的动力。

能笑到最后才是人生赢家

1

我先生今年三十岁,辞了家乡的工作,来到北京做了一名北漂。他考了心理咨询师的执业证,给一个比他还要年轻的咨询师做助理。因为换了专业方向,需要相关文凭,所以又利用课余时间准备考研,每天忙忙碌碌的,焦灼、希望与未知的前程交织在一起,好像又回到了大学刚毕业的时候。

他躺在床上和我抱怨,说现在一看见那些年纪比他小、学校没他好,却在职场混得风生水起的人就特别来气,特别不平衡,因为如果没有辞职,他也可以过那样的生活:开着小车到近郊玩玩,下了班去游泳,闲来无事刷剧、看电影……可惜,一切都得从头来,每天累得像只狗。

我问他:"是不是后悔了呢?"

他说,一起毕业的同学大多已经步入正轨,结婚的结婚,生子的生子,即便单身,也多半做到了单位的小中层,唯有他,一把年纪了，却做着二十出头的人的助理，薪水也就那么一点点。

"说不后悔是假的！"他坦言，"有时候，真想回到从前，没有压力，过得逍遥自在。"

既然这样，当初又为什么辞职？

"因为不喜欢那份工作，不喜欢一眼就望到头的人生呗！"

是啊。

所有的选择都是需要付出成本的。不喜欢那份工作，就得重新步入一个新的行业，从最底层做起；不想要一眼望到头的人生，就要承担现状的压力与不确定。

世上哪有两全其美的好事？后悔的是眼下的困境，还有改变的可能，而不喜欢的则永远不会喜欢。

我学着志玲姐姐的口气扶着他的肩膀，说："加油哦。"

先生哗地一下笑了起来。

2

我妈常说，年轻时生活的好坏判断不出一个人的未来。

那些看起来顺风顺水的，一招出错，满盘皆输；那些挣扎在谷底的，不知什么时候就闯出了一方天地。世间的不确定太多，人总是沉沉浮浮的。她最喜欢拿自己举例子，说当年在学校读书时，成绩差得要命，技校毕业后却凭着姥爷的人脉进了国企，在最闲适的岗位上工作，薪水比大学毕业的舅舅还高出一大截，让多少人羡慕。可下岗风一吹，铁饭碗顷刻间碎了一地，没有技术，没有文凭，为了生计，她只好走街串巷做生意。从前的同学揶揄她，她自己也很迷茫，但没有办法呀，咬着牙硬是坚持了下来。人到中年，重新获得经济自由，嘲笑过她的人，又羡慕起她的生活。

当年拿着样品顶着严寒酷暑挨个商铺问生意的时候，一点也想不到现在的体面，可世事不就是这样？暂时的蛰伏不算什么，能笑到最后的才是赢家。

前段时间我认识了一个想要写小说的男生。他工作四年了，从事IT业，加班加点是常事，所以计划要写的小说就一拖再拖。我和他说，时间总是能挤出来的，白天不行，还有晚上，晚上不行，还有周末，当年安妮宝贝在银行上班，不也这么坚持着写吗？每天凌晨三四点睡觉，早晨七八点又起床。难是难了一点，但谁让你不安于现状呢？男孩觉得有道理，但坚持了几天，写了两万字后又放弃了，因为觉得太辛苦。

"或者，辞职试试？"他犹豫着问我。

"做技术的不怕找不到工作，全职写两个月也未尝不可。"我回答他。

可再联络起来，他仍旧没有辞职，小说也没有动静。

问他为什么，他颇为不好意思地讲："因为现在辞职就拿不到年终奖，想等过完年再辞职。"

倒是也不差这几个月，可谁知道过完年后又会不会有升职、调动、猎头挖人等一系列的诱惑呢？他似乎看出了我的担心，叹了口气，和我说起自己在公司有多拼命，拿了多少多少薪水，现在正是事业上升的黄金期，狠不下心来放弃这些，而且一旦辞职就没有收入了，生活质量肯定直线下降，都工作四年多了，还这么冲动，怕被人笑话。

我没再说什么。

像这样因为害怕暂时落于人后而裹足不前的例子实在太多了：想换工作，却不愿意从头做起；想学一样新鲜的东西，又担心要付出很多精力。前前后后算计着，结果就是一直待在现状里，永远得不到突破。

据说，人到了晚年回忆往事时很少为做过的事情后悔，只会为那些想做却因为种种顾虑而没做的事情后悔。

后悔年轻的时候有喜欢的人，却不敢追求；后悔年轻的时候有想要尝试的事情，却没敢尝试。活了一辈子，看过了生生死死，才知道生命易逝，才后悔当初若是能够不惜代价去做自己渴望做的事该有多好。

和先生感叹，生命这么短，却还有这么多人辜负它。

先生说正是因为生命短暂，所以人们才会辜负它。

如果生命没有尽头，谁还会因为患得患失而裹足不前呢？不敢贸然开始，也不敢下决心结束，正是因为生命的时间已经被计入了成本里。只是，时间成本往往容易被高估，尤其是在人年轻的时候。

3

记得大学刚毕业那会儿,一个玩得十分要好的男同学闷闷不乐地告诉我,觉得自己年纪太大了,别人大学毕业出来才二十二岁,而他念书比别人晚了一年,高考又复读了一年,一毕业出来就二十四岁了。

"感觉许多二十四岁的人都已经成家立业了,可我才大学毕业;感觉二十四岁已经是一个很老的年纪了,自己却还一事无成……"

当时不知道怎么安慰他,因为在二十二岁的我的眼里,二十四岁的确是一个有些老的年纪了。

可等到如今三十岁的时候再回头看,却觉得二十四岁多么年轻呀,明明还有无限可能,怎么就会觉得老呢?

就好像四十岁的人看三十岁的人,五十岁的人看四十岁的人一样,当我们处在那个年纪的时候,我们就很难"旁观者清",我们往往会高估自己即将付出的代价。

二十五岁想去矫正牙齿,晚吗?
二十七岁还能学钢琴吗?
成年人可以练习芭蕾舞吗?
……
每当有人问我,我都会告诉他:"不晚!"

正是这些盘亘在我们心中的疑问，阻止了我们去探索生命中的更多可能性。

做出一个决定的最好时机是十年前，其次是现在。

与其纠结自己的年龄会不会太大，现在开始尝试或者放弃一样东西是否划算，还不如纠结自己能活到的年龄有多大。

如果现在开始学钢琴，那么十年后你就有十年的琴龄了；如果现在开始学跳舞，那么十年后你就有十年的舞龄了。想到这些收获的喜悦，一时间的落寞、暗淡又有什么关系？

暂时的蛰伏不算什么，能笑到最后的才是人生赢家。

生活不是只有眼前的苟且，还有今后的苟且

1

我上大学时有个很勤奋的舍友。她每天早晨都早早起床，到校门口的早餐店买早餐，挨个宿舍给同学送去，一份收两元钱的跑腿费；中午在快餐店里兼职，擦桌子、端盘子、招呼客人；到了周末也不休息，全天都待在培训机构里给七八岁的小孩子上课。满打满算下来，一个月竟能挣到五千多块钱。

那些钱让她的日子过得特别滋润。

当我们花五六十元买一件淘宝货的时候，她敢去商场买几百块钱的衣服，用上百元的化妆品；当我们攒下生活费做旅资，盘算着去哪里游玩的时候，她又一定会用一种很成熟的口吻说："生活不是只有诗和远方，还有眼前的苟且。"

每个人都深信她会变成一个特别特别成功的人，因为她那么有毅力，那么肯吃苦，为人活络，又什么都懂。然而若干年过去，事实却并非如此。

毕业后她去了一家事业单位做文员，还是很勤奋，一边开着淘宝店，一边在朋友圈卖东西，周六周日兼职做家教，比上大学时赚得更多，但因为拖家带口的，生活的滋润程度倒不如上大学的时候：衣服还是几百元的，化妆品的牌子也是经久不变，从来没见她在朋友圈里晒过什么出去旅游的照片。倒是那些大学四年一觉睡到自然醒、从没给人送过早餐，但认认真真上课的同学，薪水一点也不比她少；那些宅在寝室里看韩剧的同学混得也不比她差多少。辛辛苦苦好像并没有给她带来真正的财富和自由。她的时间被五花八门的工作占据着，她花了更多的精力才得到和别人一样的报酬。

大家感慨不已："努力就有回报"这件事在她身上完全没有得到应验。

2

其实不是"努力就有回报"这件事没有得到应验，而是不同的商品有不同的价值，越稀缺、越被需要的东西才越不可替代。

在事业单位做个文员，但凡初中毕业文笔好的小姑娘都能胜任；开淘宝店，做微商，给七八岁的小孩子讲英文单词，基本上也用不着什么专业水平。不是说这些职业没有前景，而是这些职业门槛低。门槛低意味着竞争多，意味着要付出更多努力才能脱颖而出。而那些本该大学时期接受的帮助拔高的训练却被本末倒置地抛于脑后。

她花了四年的时间给人送早点，给小孩子上英语课，但她毕业之后却没有专门从事这方面的工作——没有开早餐连锁店，没有做培训机构，而是选择了去事业单位做文员，这也意味着，那四年的辛苦换来的收获不过是几件好看的衣服和相对来说比较昂贵的化妆品而已。

时间和精力其实也是一种成本，把它们花在了不必要的事情上却忽略了专业知识，忽略了真正对她有益的技能的掌握，毕业之后自然混得不如那些虽然一觉睡到自然醒，却好好上课听讲的同学啦。

"早知道这样，倒不如毕业后去做培训，或是做外卖配送、做快餐！还不会平白浪费了那么多时间和经验……"她抱怨道。

3

收入高低和成功其实未必有关系。

有些人喜欢安逸平静，没有太多抱负，择一小城终老；有些人向往大浪淘沙，有更多的物质欲望和勃勃野心。不论哪一种，只要过的是自己追求的、想要的生活就算成功。怕就怕不知道自己要什么，听说这个好就去做这个，听说那个挣钱就去做那个，白白浪费掉自己的时间。

表妹今年大学毕业，去了一家颇为轻松、效益和待遇也十分优渥的公司当职员。整个大学四年她都很努力，除了大一的暑假回来过，其他时间不是在单位实习，就是忙着考证——会计师、教师、心理咨询师……她本科学的是计算机编程，成绩在年级里数一数二。

大家都说能进这家公司是表妹的优秀和努力终于有了回报，我十分为她高兴，直到某天得知一个专业方向完全不同的小小师妹也进了这家公司，并且和表妹是同一个职位。

这个小小师妹上大学时基本就没有念过什么书，不是和我们这帮老师姐瞎混，就是四处游山玩水，竟然和刻苦、优秀的表妹进了同一家公司？

我跑去问小小师妹是不是有什么内幕。

小小师妹笑答："哪有什么内幕。我没读书不代表我不会考试啊。事业单位的入门考试都是常识题和逻辑分析题，准备两个月，答案也就信手拈来。"

"那专业呢？"我又问。

"这样的公司和职位，又哪里真的需要什么专业性？"小小师妹嗤之以鼻。

我这才明白表妹找的这份工作大体上是国企类的铁饭碗，只对应届生开着大门，实则并不需要真的技术。

倒也没有什么不好的，待遇高，福利全，许多人挤破头还进不去，只是可惜了表妹那四年的努力和"一身武艺"。毕竟大多数的技能一旦停止运用，就会逐渐荒废。

本事是自己的，多做一些职业上的准备并没有错，但是如果没有方向，也没有切实的职业规划，那么大部分的准备工作除了浪费时间和让你自我感觉良好之外，根本派不上用场。

虽然说只有不断尝试才能明白自己的界限和擅长之处，但问题在于，我们并不是为了试错而试错。

表妹学了那么多切切实实的东西，每一项作为职业都大有发展的可能，但她最终选择的却是一份最不需要技能的工作。也许她是看中了这份工作的轻松、体面和丰厚的报酬，但如果一开始就知道自己想要做这样的工作，之前又何必做那么多努力？更大的可能是，她以前并不知道自己想要什么，只是希望自己不落于人后——看到别人实习有薪水，那么自己就也要有；看到别人勤奋、努力、充实的模样，自己也要忙碌起来……

学着最难的专业，把假期都花在实习和考证上，掌握了各项技能，却最终放弃。

若早一点想过自己的未来，笃定人生的目标，那么按照这样的目标去准备岂不是更有效率？可惜她没有在正确的时间明白这一点。

生活不只有眼前的苟且，还有今后的苟且，因为一些蝇头小利或者暂时的领先而焦虑、忙碌，与未来脱节，那么实际上迎接你的也绝不会是"诗与远方"。

愿你永远好奇，永远热血柔肠

1

朋友念大学的时候想要去攀珠峰（珠穆朗玛峰），但攀珠峰的装备很贵，高山向导更贵。他没有那么多钱，只能周六、周日跟着学校的登山协会去爬爬小山。

朋友无法在这些小山中得到满足，所以每年三月到五月攀珠峰的旺季，他都要守在电脑前，看那一条一条普通人根本不会去关注的登山动态和新闻让自己得到参与感。

他对攀登珠峰需要的装备如数家珍，对整个登山的流程也早已熟稔于心，从几千米到几千米生理会有什么样的反应，几千米以上最容易出事故他都能一一道来。他甚至已经开始攒钱，说等大学毕业攒够了钱，第一件要做的事情就是去攀珠峰。我们都期待有朝一日他能发来站在珠峰顶上的照片，期待了一年，两年，三年，四年……大家渐渐有了各自的生活和繁忙，他没有发来照片，却在北京买了房。

前段时间我去他装修好的房子参观,从房子里面往窗外看,忽然就想起了大学时代他心心念念的珠穆朗玛峰。

我问他:"还记得当年想登珠峰的事情吗?"

他点了点头。

我说:"这房子首付的钱够你爬两次。"

他笑了。

我问他笑什么。

他说笑自己傻,四十万投资做什么不好,非要去爬一座山。

"假如钱多到四十万可以付之一炬,你还会这么想吗?"我又问。

他点了点头:"我已经不是小孩子了。"

他说自己已经不是小孩子的时候,气氛忽然变得有些伤感。

原来那些年少时候的梦想不只是得不到实现,还可能变成乐章里不再合拍的音符。

午夜梦回,忍不住问自己:"可还记得当年的梦想?又可曾嘲笑过那些梦想?"

2

上幼儿园的时候,想要学魔法、骑着扫帚飞行、把坏人变成石头。

上小学的时候,想要当科学家、制造宇宙飞船、周游银河系。

上了初中终于不再渴望当科学家、制造宇宙飞船、周游银河系,也不再渴望魔法,而是想要成为一个大人物,在出现危机的时候挺身而出，挥斥方遒。

再后来想成为雨果、托尔斯泰、莎士比亚……

再再后来，只想努力多挣一些钱，让我爱的人和爱我的人都能生活得更好、更快乐。

随着年纪的增长，理想越来越贴近现实，也越来越市井和烟火。

年少时的热血一点一点冷却，身边的朋友也都步入了平凡琐碎的生活，脑子里装着的是公司的业绩、房子的贷款、孩子的奶粉，那些荒唐的旧梦早就被丢在了岁月里。

北岛说："那时我们有梦，关于文学，关于爱情，关于穿越世界的旅行，如今我们深夜饮酒，杯子碰到一起，都是梦破碎的声音。"

与大多数的朋友相比，我还有文字营造的世界，还可以在文字流淌出来的故事里再梦一回，可梦醒的时候呢？

我有时害怕这辈子都和那些"伟大"无缘，害怕生命就这样默默地流逝，害怕自己的模样离心目中的英雄越来越远，害怕再也不能仗剑走天涯，害怕梦里失去了斑斓的色彩、没有魔法少女、没有科学家、没有雨果、没有托尔斯泰……

不是害怕平凡，是害怕贫乏，害怕失去对生活的赤诚。

"老奶奶坐在门口的石凳上抽着水烟，发出咕噜咕噜的声音，像一座雕像。她从四十岁就坐在那个石凳上，坐了四十年，失去了对这世界的好奇，活着与死亡不再有区别。"

有朝一日我会不会也变成那个样子呢？我常常问自己。

3

《月亮与六便士》里那个潦倒甚而可恨的思特里克兰德将自己放逐到了一座岛上。他双目失明，身患重疾。房子里是一幅一幅的壁画，他看不见了，就嘱咐妻子将他的巅峰之作付之一炬。卑微与伟大只有一线之差，思特里克兰德那时贫病交加，灵魂却在梦想的指引下到了自己的伊甸园。人人都只看见了脚下的六便士，他却抬头看着天上的月亮。

托尔斯泰也许并不比下班回家带着温暖食物的母亲更加伟大，一个人能不能在临死之前道一句"此生无憾"，也不一定与表面的辉煌有关。

我们不得不着眼于六便士，但这并不妨碍我们抬头看天上的月亮，不是吗？

比起去攀登珠穆朗玛峰，可能家里的孩子和爱人更需要一个安身之所；比起做一个大人物被万众瞩目，真正需要你的人可能只是爱着你的人。

生活中会有很多磨难、很多不尽如人意，梦想在这些磨难和不尽如人意中被一次一次击碎，我们不得不步入现实，沾染红尘，不得不为了生活暂时放弃一两个梦想，但我们仍然可以常怀希望。

珠穆朗玛峰不在脚下，却可以在心中，而当你放弃了，它踏梦而来,你就失去了资格。

  从朋友家出来,看着灯火辉煌的北京夜晚,我许了一个愿:愿我们都能永远好奇,永远热血柔肠。

PART TWO

你没有必要变成另外一个人

接受自己,爱自己,是人生的必修课,也只有这样,才能做更好的自己。

山的背后，也许什么都没有

1

《奇葩说》里有一集的辩题是：婚内遇上今生挚爱该怎么办？

我一个朋友很不幸地在现实生活中摊上了这个辩题，不过不是她遇见了今生挚爱，而是她的丈夫。两人近十年的婚姻濒临破裂、覆水难收。

据说那个挚爱是她丈夫在工作场合遇见的，才刚刚大学毕业，一双眼睛忽闪忽闪的，我见犹怜。许是弥补了一个成功男人需要被仰望和被崇拜的情愫，朋友的丈夫一口咬定那个姑娘是自己的今生挚爱，离婚的决心非常坚定，房子不要了，车子不要了，存款不要了，女儿也不要了，心甘情愿净身出户。他倒也没有亏待朋友，什么都愿意给，可朋友还是不舍，能用的招数都用了，不论是索要巨额分手费，还是睁一只眼闭一只眼温柔相劝，都没有用。最终，两人去了民政局，换来了绿色的小本本。

朋友原以为失去了信赖的伴侣，日子会像天塌了一般，没了光彩，谁知不到一年，竟又遇上了另一个男人。而朋友的丈夫原以为会过上神仙眷侣般的生活,结果发现除了薪水和职位高一点,一切又要和二十几岁的小伙子站在同一起跑线上,经济压力巨大,倒不如从前快活。

两个人就像立于山脚下:一个对山的那一边心怀恐惧,誓死不愿意翻过去;一个对山的那一边心生向往,不顾代价也要翻越。结果待到翻越过去,两人都发现,山的背后,其实什么也没有。于是,放下恐惧的那个继续前行,满腔失望的那个又想回到出发的起点。

2

朋友的丈夫倒是自己看不透,一番折腾也没有过上理想的生活,如果有重来的机会,一定心无旁骛地守着家庭。而朋友笑言,即便是有重来的机会,她仍旧会做出同样的选择。毕竟谁也不敢断言山的那一边是否真的什么都没有,不亲眼看一看,又怎么会甘心?勉强让他留下来,也只是多了三个不快乐的人罢了。

时过境迁,朋友和前夫冰释前嫌做了朋友。她前夫有挽回的念头,这我们都听得出,朋友却委婉地拒绝了。

她说他还是没有看明白。

此刻的想要回头与彼时的想要离开是一样的,不过是意图窥探另一个地方。可谁知道记忆中的美好和现实是否一样呢?既然业已选择,倒不如怜取眼前人,以免一山翻完又有一山。

言谈中她早已不再留恋从前,而是对未来心怀憧憬。

朋友是对的，多少人终其一生都在追寻所谓的爱情，却始终不愿为任何一个人停下脚步，直到老了，追不动了，才把余下的岁月交由命运和眼前之人，却终究挽不回半生颠沛。

后来，朋友的前夫私下又找过我，希望我出面帮他们复合。但我深知朋友的意思——破镜难以重圆，几次之后，他放弃了。不知道是已经明白了逝去的就是逝去的，再也无法挽回，还是仍旧在锲而不舍地寻找新的挚爱。

3

感情上是这样，职场上又何尝不是这样？

想起以前公司里的一个同事，在公司工作了很多年，底薪加上提成一年算下来比部门总监拿到的薪资都高，但他始终待在基层的销售岗位上，连个部门经理的名号都没有。新来的人为他打抱不平，他却一点也不恼，乐悠悠地拿着公文包外出跑业务。

我心里一直拿他当世外高人，不营世利，直到有一天和他闲谈才知道，原来他做过部门经理。不仅如此，还曾是部门总监的热门人选，只不过做了两年后，他又主动要求回到基层的销售岗位了，因为觉得做得不开心。

"当时年轻气盛，总想往更高的地方爬，好像爬到了高处就能有完全不同的感受，可到了高处才知道，风景并没有好多少，面临的压力与责任却更多也更大，有些人喜欢这样的压力和责任，有些人不喜欢,总之不是适合每一个人。"

同事平静而又坦然地说出了上面这番话。

就像站在山脚下,难免对山的那一头浮想联翩——山的那一头是什么?是魔鬼,是好风景?别人说了你不信,你总要亲自去看个究竟。直到看了才发现,原来山的那一边什么也没有。

于是有人失望,有人继续追寻,有人想要回到山的另一边——只是有些时候看完还能回去,有些时候看完却再也回不去罢了。

人生最大的任务就是接受自己

1

上心理咨询课的时候,老师让大家挨个评价自己的性格。轮到坐在我后边的男孩的时候,他腼腆地站起来说自己是一个内向的人。说完之后,似觉不妥,又抬头看了看大家,诚恳地道:"但是我已经做好了改变自己的准备!"

学员们为他鼓掌,老师却示意大家安静。

"为什么要改变?内向是一件坏事吗?"

一连抛出的这两个问题,让大家不知道该怎么回答。老师随即笑着说:"学会欣赏自己的特质很重要。所谓改变,不是要你们变成另外一个人!"

在微博上收到一条私信,是个刚刚毕业步入职场的年轻姑娘发来的。她说:"简姐,我觉得自己情商低,性格不好,见客户的时候总是不能做到游刃有余,该怎么改变?"

我问她:"你想变成什么样子?"

她说:"我想变成特别特别健谈、特别特别会来事儿的那种样子。"

我又问:"那你尝试过吗?"

她答:"当然,可是总觉得别扭,变不成那种样子。"

我说:"是啊,因为你很难把自己变成另外一个人。"

有很多成功学大师和励志书籍教我们做改变,教我们在什么样的场合说什么样的话,教我们如何让自己看起来更干练老道、八面玲珑。那些因此而成功的事例,看得我们热血沸腾,恨不得立刻就"洗心革面",谨遵大师教导。但真的着手去做,又会发现这样的改变实在难以持久。

一个不健谈的人很难一下子变得滔滔不绝。一个内向的人也变不成一个外向的人。勉强融入自己不擅长应付的场合,说自己说不出口的话,只会花费掉你大量的精力,而且你永远也不会比那些原本就如此的人做得更好。久而久之,身心俱疲。

"不健谈就不健谈呗,不会来事儿又有什么关系?沉默的人看起来更踏实可靠,不也很好吗?"我对那个小姑娘说。

2

想起我刚毕业那会儿,市面上流行着一种理论,说是凡是成功的人都是做销售出身,不管未来想做什么,都应该尝试做做销售——品人间百态，为自己增加阅历。

我觉得这说法听起来很有道理，于是一毕业就跑到一家公司去应聘销售，拿到offer后，便按照书里的指示去"品人间百态"。

我每天晚上都在饭局中度过，说着不知从哪里学来的"场面话"，跟人猜拳喝酒、去KTV唱歌。我看起来特别像一个销售该有的样子，可那段日子却是我人生中最不快乐的时光之一。

我不喜欢每天都见那么多人；不喜欢夜幕降临就开始推杯换盏；不喜欢明明过着这么不喜欢的日子，业绩却比那些本身就喜欢酒桌饭局的同事差。

我陷入了自厌的怪圈中，努力地想要改变自己不善交际的毛病，可越是这样便越是自卑，越是自卑，在和人交往的时候就越是不自然。同样一句笑话从同事嘴里说出来就让人听着特别舒服，特别幽默，可从我嘴里说出来就全是不合时宜的味道。

气质真是个很奇怪的东西——你改不掉它，一旦违背，只会令自己别扭，令与你打交道的人也别扭罢了。

大概人年轻的时候总是渴望自己是另一个样子吧。我开始致力于全面地改造自己：阅读各种教人说话的书，学习各种时尚衣着搭配，对着镜子练习微笑……我变得越来越不像自己。

违背自己的性格实在太辛苦了。想要变得可爱，但怎么练习都不如那些原本就可爱的人来得自然；想要变得云淡风轻，但怎么努力都不如那些与世无争的人看起来超脱。

我渐渐心灰意懒，既然怎么努力都做不好，索性破罐子破摔算了。我开始减少应酬,即便不得不和客户打交道,也只聊自己喜欢的东西。然而,奇怪的是,转机却在这时出现了。

我不仅慢慢地达到了销售业绩考核指标,甚至有几个月超额完成了销售任务,还交到了几个一直保持联系的朋友。

他们说我是个有趣的人——虽然不健谈,但聊的东西很有趣。

我这才明白,原来我一直以来的担心都是多余的。这个世界上的人实在太多了,多到你根本不必害怕自己与众不同。有些人的确和你不一样,但还有很多人与你相似——你们有共同的话题、共同的烦恼。与其勉强自己和那些与你不同的人相处,不如做你自己,融入你本应该融入的群体中。

虽然,我最终还是辞了那份工作。

3

每个人都会或多或少对自己有一些不满意,
有些人觉得自己要是再勇敢一点就好了,
有些人觉得自己要是再漂亮一点就好了,
有些人觉得自己要是再有钱一点就好了。

这些不满意促使我们做出改变,但改变的前提首先是接纳——变成一个更好的自己,而不是另外一个人。

那些参加演讲比赛的人,常以"我有些紧张"来做开场白,他们让紧张变成了一件自然而然的事情,这就是一种接纳。一味地厌恶自己的紧张,只会在需要勇敢的场合更加紧张。坦白地说,我是个容易紧张的人,但当紧张在你心里成为一种特质而不是缺陷时,它带来的不良影响也就少了。

同样的还有：

——我是个不爱说话的人。

——我是个容易生气的人。

——我是个严肃的人。

——我是个羞怯的人。

在那堂心理咨询课上，老师说："内向和外向都只是一种特质。实际上，大多数的性格特征都只是一种特质。一个自我接纳程度高的人，在说出'我是个内向的人'时，心中应该充满了自豪感。"

接受自己，爱自己，是人生的必修课，也只有这样，才能做更好的自己。

爱情也是需要资本的

1

米米九年的爱情长跑终于修成了正果。婚礼上,她穿着修身的长礼服,笑容幸福得像一朵花儿。久未谋面的朋友都议论纷纷,说她变了,具体说不清哪儿变了。仔细端详,五官还是同样的五官,身材依旧平平瘦瘦,但就是变得温婉美丽,和当初判若两人。

"看来,爱情真是滋润人呢!"大家当着米米的面发出感叹。米米挽着身边的大黄,笑得合不拢嘴。

知情者都明白,不是爱情滋润了米米,而是米米滋润了自己之后才有了爱情。

算起来,她开始喜欢大黄是九年前的事情了。

那时候大一新生刚入学,大黄作为迎新的学长,替米米扛着行李走进我们宿舍。第一眼看见米米的时候我吓了一大跳:她皮肤黝黑,身材干瘦,穿一件土不拉叽的T恤衫,远远望去还以为是个老太太。而大黄在她的衬托下简直如同骄傲的王子,一言一行都那么让人愉悦。

安顿好米米,大黄就离开了。米米望着大黄的背影"蠢蠢欲动",她说:"天底下怎么有这么好看的男生呢?"

米米开始频繁地创造和大黄见面的机会——她加入了大黄的社团,加入了学院的学生会。我们原本以为距离会让美破碎,但结果证明亲密的接触只是让米米更加喜欢大黄了。

半年之后,米米决定向大黄表白,她做了好多关于表白的功课,比如应该穿什么样的衣服,说什么样的话。为了"知己知彼,百战不殆",她还调查了很多关于大黄的背景。但就是在调查的过程中米米打了退堂鼓——她发现大黄有一个前女友,而这个前女友十分优秀,不仅成绩是学院里数一数二的,年年拿国家奖学金,连模样也完全是校花级别。米米对着镜子和成绩单陷入了深深的沉默之中,她说大黄那样好,大黄的前女友也那样好,自己现在还配不上大黄。

爱情不是应该不讲条件的吗?就像电光石火般炽热猛烈,一拍即合。

我们鼓励米米多一点勇气,米米却放弃了表白的念头。她甚至连社团活动都很少参加了,每天过得像个修女:六点半起床晨读,七点半吃早餐,傍晚太阳下山就到游泳馆里游泳。她还报了个绘画班,提高自己的审美能力。

变化是一点一滴的,好像难以觉察,但又十分惊人。先是开始有男孩儿追求米米了,渐渐地,追求米米的男孩越来越多,连大黄看她的眼神也带上了一些难以捉摸的色彩。

大三那年,大黄向米米表白了。

米米终于用另一种方式赢得了大黄。

米米说:"与其做那些只能感动自己的浪漫的事,不如把自己变成更好的人。虽然有时变得足够好了还是不被喜欢,但是如果自己不够好,又能让谁心动呢?"

米米说得没错,是我们对爱情的看法错了。我们在爱情上寄托了太多不切实际的要求,要求爱情是包容的,是不计得失的,是完全的交付和奉献,却忘了爱情中的另一个主角最初与我们没有任何关系,不可能一旦披上了爱情的外衣,她(他)就会喜欢上一个毫无可圈可点之处的陌生人。

2

男人对女人表白:我喜欢你。

女人说:对不起,我们不合适。

男人说:你是不是嫌弃我没有钱。

女人沉默。

男人说:没想到你这么肤浅。

女人说:那么说说看,你有什么能让我喜欢的内涵呢?

网上的这个小段子,听起来让人捧腹。

不知道为什么,似乎一讲起"条件",爱情就沾染了尘俗,变得令人不齿。可内涵又何尝不是一种条件?就算爱情不讲那些"条件",你又有什么内涵?

你是从全国排名Top5的学校毕业的吗？你琴棋书画样样都会吗？你周末做义工，寒暑假去支教吗？你给山区的小朋友献过爱心吗？你工作努力吗？你学习认真吗？……

如果答案都是否定的。那什么叫内涵？

赚钱在某种意义上说，是能力的体现，而内涵也是。只不过会不会赚钱太容易看出来，而有没有内涵就未必那么明显了，所以我们总喜欢拿内涵自欺欺人，好像说出来就人人都有内涵似的。

——喜欢会赚钱的是肤浅。

——喜欢长得好看的是肤浅。

——喜欢优秀、有能力的是肤浅。

……

然而，一个既不会赚钱，长得也难看，没什么能力，一点儿也不优秀的人，到底为什么会被别人喜欢，总需要有一个理由吧？

爱也许是无条件的，但爱情之初的悸动并不是无条件的，没有人会喜欢上一个不好的人。我们费尽心思制造浪漫，感动的大体只是自己，而最该做的其实是让自己变得更好。

3

米米如自己期待的那样变得很优秀。她可以陪大黄聊康德聊到东方既白，也可以一个人关了手机到好风景里写生写数个小时，她说起艺术史来如数家珍。最难得的是，她并没有因为得到了大黄就裹足不前，他们毕业后一起去了上海，她甚至比从前更努力。

她说她得给她的爱情一块好的土壤——贫贱夫妻百事哀，来得这样不易，更要好好去珍惜。

当无数如胶似漆的情侣在毕业的现实面前触礁时，米米和大黄挺住了，不仅如此，他们还攒钱买了房子，搬到了一起。

贷款的压力越来越小的时候，大黄向米米求婚了，一切顺利美好得就像童话……

我常常把他们的故事分享给身边的人听，尤其是那些深受感情困扰的人。我说，很多时候不是爱情太现实，而是我们还不够好。

有些人听了深表认同，说要成为更好的人重新赢回爱情；有些人听了强烈反对，说这样争取来的爱情全是艰辛和算计，像是做生意，而不像是爱情。

所以，爱情应当是平白无故得来的吗？

这世上哪有一种收获是不需要争取和经营的呢？

我总觉得和那些口口声声说"爱我就要接受我的全部"，实际上却不思进取的人相比，靠努力经营得来的爱情要有趣得多，也健康得多。

父母尚且不能给予我们无条件的爱，又凭什么要求一个和你没有血缘关系的人这样对你呢？

即便她真的能这样对你，你又能为这份爱付出什么呢？

爱情也是需要资本的，爱上的人不同，你所需要的资本也就不同。

有些人，你为他买几顿早餐、送几样礼物就够了；有些人，你还需要能和他并肩站在一起。但不管怎样，一段长久的爱情都应该是旗鼓相当的。如果她是一个很好的人，那么你也应当把自己变成一个很好的人。这，才是爱情的真谛。

命运不是一两次选择就能改变的

1

我小时候学习成绩特别好,每次考试的分数在市里面都能排到前几名。中考的动员大会,老师让我争取进入全市三甲,至少拿个铜牌,我欣欣然答应。结果节骨眼上,政治开卷考材料忘带,心态一下子坏了,排名落到了一百多。

省重点的尖子班进不去,只能分到平行班,受了挫折,又谈起恋爱,成绩大不如从前。

幸而高考来临,想着上重点,拼了一小阵。以为凭着从前的底子,八九不离十,结果理综考试又发挥失常,分数出来比平时少了将近三四十分,别说重点,离一本线还差了五分。

好容易挨到填报志愿,不知道专业有录取先后顺序,理科出身,却被调剂到了不怎么热门,分数低一大截的法学系,而成绩不如我的同学却都进了热门的专业。把希望寄托在跨专业考研上,阴差阳错卷子没有被老师收上去⋯⋯

凡是认识我的人都说我是个运气特别不好的人，连我自己也一度这样认为——坏运气让我在人生的多数重要选择面前都走错了道路，但，坏运气却并没有因此就改变我的命运。

聊起儿时的梦想，朋友问我当年最憧憬的职业是什么，我平静地表示就是现在这个职业。

刚学会认字就喜欢看各种各样的书：科普读物、童话、小说……每每看得陶醉，总是憧憬着长大以后，写下它们的人是我。

朋友十分惊讶。

他说："你真走运，你是我认识的第一个实现童年梦想的人。"

他不知道，与其说是走运，不如说是不放弃。2009年还在念大学那会儿，我就开始给杂志写东西了。断断续续地坚持了两年，直到2011年才发表了第一篇文章。好容易写熟了各家杂志，收入噌噌地涨，杂志却一点点走到了末路，又不得不开辟新的道路，从头再来。

我运气不好，那种一写就让人爱不释手的神话从来没有发生在我身上。

2

不知道是不是因为各种媒体总是喜欢强调选择的重要性，人们开始倾向于把现阶段的不如意归结为当初的选择错误。

婚姻不幸，是选错了结婚对象；工作不顺利，是毕业时选错了就业方向；挣的钱少，则干脆归因于上学时选错了专业。

听起来好像挺有道理：若没有选这个人就不会和这个人结婚了，若没有选择这个职业，那么就不会有这个职业的低收入，可人生真的是一两个选择就能改变的吗？

选错了还可以更正，选对了没有好好经营，也不会有什么好的结果。我总喜欢拿打牌做比喻：拿到了一手烂牌，步步为营，不会输得太惨；拿到一手好牌，漫不经心，也赢不了什么。

3

民国时有一个特别有名的女画家叫潘玉良。她出生那年，父亲死了，长到八岁，母亲也撒手而去。舅舅好赌，在她十三岁那年，将她卖到了妓院。人生对她来说实在是残酷，才刚刚开始，就已经没有多少选择的余地。然而，她居然没有因此放弃自己。在妓院的四年里，她逃跑了不下十次，甚至情愿自毁容貌也要离开。终于，这不屈不挠的精神感动了芜湖盐督潘赞化。他出钱替潘玉良赎了身。原本决定还她自由的，但潘玉良表示自己一介女流，无处可去，求潘赞化留下自己。考虑再三，潘赞化最终决定纳潘玉良为妾。

青楼出身的潘玉良与潘赞化并没有什么共同语言。婚后，潘赞化索性将潘玉良送到上海学习。

为了能与潘赞化齐头并进，热爱绘画的潘玉良通过不懈的努力学会了法语，还考上了巴黎国立美术学院。她只身一人来到国外留学,与徐悲鸿师出同门。学成归国后,她以画家的身份与潘赞化团聚,并在一所美术院校任教。

故事发展到这里似乎已经走向了圆满,然而生活从来不肯放过经历坎坷的人。潘玉良站在讲台上讲课,学生就在底下喊她妓女。潘赞化的大太太从老家搬来与潘赞化同住,使着大太太的性子,要潘玉良对她三拜九叩、端茶倒水,言辞之间极具轻蔑和挑衅。潘玉良为了家庭和睦一一照做,而潘赞化却从头到尾没有为她说过一句话。

婚姻和事业面临着双重打击,家里几乎已经容不下潘玉良了,她不希望潘赞化为难,只好带着对潘赞化的爱再次选择出国,从此以后潜心绘画,没有再嫁。1958年,潘玉良的画在巴黎展出;2005年秋季拍卖会,潘玉良的自画像更是拍出了1021万元人民币的高价。

不管是投奔舅舅,还是求潘赞化纳自己为妾,甚至是出国留学,都没有给潘玉良带来她想要的生活:她被舅舅卖到妓院;与潘赞化聚少离多;留学归国后回到国内任教,以为能够和丈夫平起平坐,却发现丈夫更加偏爱的还是大老婆。人生步步都错。然而,她输了吗?没有。几十年后,谁还记得潘赞化?谁还记得他的大太太?人们只记得那个叫潘玉良的传奇女画家罢了。

未来永远是未知的,比起选择,更重要的是我们对生活的态度,一个好的态度可以帮我们把原本错误的选择变得正确或者至少不再那么错误。

4

如果没有衔着金汤匙出生的身世，没有高人一等的天赋，没有总是在紧要关头化险为夷的运气，要想靠近理想，就只能一步一个脚印地慢慢来。

那些总是抱怨如果当初怎样做现在就一定能有更好的生活，如果当初没怎么做今天的自己一定更加优秀的人永远都是失败者。

上天给了我们那么多时间用来改正，我们却用这些时间来懊恼。错误已经犯了，懊悔有什么用？对于能够挽回的，就尽量挽回；挽回不了的，用心经营当下才是正道。人生不会因为一两次挫折就完全改变，也不会因为一两次选择就全然不同。

我始终相信那些有能力让自己幸福的人，在什么样的选择下都能幸福，即便遇到磨难，遭遇不公，他们也能够使得自己重新拥有幸福。

你以为你们的爱情是被金钱打败的吗

1

一对在一起八年的恋人分手了,女孩走得毅然决然,男孩苦苦挽留却没有结果。

他说:"再给我一年时间,我一定能攒够买房的首付,娶你回家。"

可女孩子回答:"对不起,我不想等了。"

男孩伤心欲绝,逢人就说八年的爱情输给了一张房产证。

而女孩叹气:"钱难道我自己不会挣吗?"

在男孩的眼中,女孩是一个拜金的姑娘,不值得相伴终生。

两个人应该共同负担起生活,而不应当将生活的担子只交给其中的一个人,能共患难,才是真感情。

好像有了房产证,他们的这段关系就没有一点瑕疵了似的。

而在女孩儿眼中,男孩儿在网吧打游戏彻夜不归;和朋友在酒吧玩到凌晨,从来不做家务,回家就衣来伸手,饭来张口。他不会挣钱,她承担了大多数的生活开销。

八年耗尽了所有的耐心和爱意,他却把分手的原因仅仅归结为自己不够有钱。恋爱中的不上心,相处中的矛盾,为什么全都看不见呢?

其实,不是看不见,而是视而不见。因为只有这样才能堂而皇之地将错误推到对方身上。

你看,是你嫌贫爱富,是你贪钱拜金,是你使我们的关系毁于一旦。

也不想一想,如果一段八年的爱情会仅仅因为钱而结束,那么当初又是怎么维持这八年的时光的?

2

朋友提出要离婚——在前夫破产的当头。

不知情的人说"夫妻本是同林鸟,大难临头各自飞"。知情的人却没有一个指责她,相反,对于这样的离婚决定都抱着绝对的支持。

前夫在这段关系里从未忠诚过,对她动辄大呼小叫,动手动脚,甚至在她怀孕的时候把别的女人带回家过夜。

六年的婚姻生活,她简直是打碎了牙齿和血吞。想离,但一对双胞胎女儿年纪尚小,她自己又没有什么拿得出手的职业技能,而恰好他不吝啬,高兴了就给她钱。

她用这些钱修了第二学位,请老师教女儿们舞蹈、钢琴。她尽量充实自己,对他没有理由的打骂、混乱的私生活都睁一只眼闭一只眼。婚姻竟然就这么维持下去了,直到他给不了钱为止。

"不能共患难又算得上什么夫妻?"他逢人就抱怨,说妻子在他最困难的时候离他而去,感叹六年的夫妻情分抵不过现实。

可实际上他们之间有什么夫妻情分呢?

不是金钱让他们离婚,恰恰相反,是金钱勉强维持了他们的婚姻而已。除了给一点钱,他又为他们的婚姻做过什么?

埋怨另一半太现实的人们或许从来没有想过这一点:金钱没有打败爱情,而是这段所谓的爱情根本没有什么可圈可点之处,只有金钱才能挽救。

他(她)不温柔、不体贴、不善解人意,他(她)粗暴、无礼、不尊重人,他(她)还没有钱,如果与他(她)一起,生活的重担全都要压在你的身上,那你为什么要和他在一起?

将一段长期关系的结束仅仅归结于经济问题,本身就是一种不负责任的做法。

3

人是需要一点反思精神的,在生活中是这样,在感情里面更是这样。

胡兰成一辈子花女人的钱,负女人的心,唯一栽在了佘爱珍的手上:既没花她的钱,也没负她的心,辗转落难到日本,还追求着五十好几的佘爱珍,直到与其结婚,再未有过别的女人。

那些和他有着感情羁绊的女子几乎无一不比佘爱珍对他用心。胡兰成去日本没有路费,向佘爱珍借,上一秒还在与胡兰成亲昵的佘爱珍转头开始哭穷，给了胡兰成两百元就打发了他，而张爱玲则将书的三十万稿费统统寄给了胡兰成。

谁爱他爱得更深，似乎一目了然，可胡兰成最终还是选择了佘爱珍白头偕老。

为什么？

因为张爱玲给不了胡兰成想要的，钱和深情都不能打动他——他见了太多哭哭啼啼的女人，太多为了他奋不顾身的女人。一段关系里总要有些相互供给和弥补，这段关系才能长久——或是性格上的互补，或是生活上的左右臂膀。胡兰成需要的是像佘爱珍那样能够双手使枪的乱世"豪杰"。而佘爱珍呢？人在异乡，发现胡兰成还能挣一些钱，对她还有一些恩义，否则，以她那般大姐大的个性断是看不上胡兰成这样的白面书生的。

钱能买来很多东西，但钱永远买不到不需要钱的爱情。

一段关系结束的时候，最该扪心自问的是：对方需要什么？而我又给了什么？

4

我从来都不否认现实的确是一个问题，在温饱都无法满足的时候谈不了感情，但这现实绝对不会是温饱之后的一张房产证、一点收入差距的计较。当这些被摆在眼前成为分手的理由时，只能说明，这段关系除此之外也并没有什么值得留恋之处。

有一次，为了给一个杂志社写纪实稿，不得不去采访一个专门骗女人的行骗者。这个行骗者生得相貌俊美，通过假装得了绝症，几年的时间就骗了二三十个女人几百万元现金和存款,即便是最吝啬的女人也不惜在他身上花下重金。

问他是怎么做到的,他说:"我虽然骗了她们的钱,但没有人比我对她们更好。"

很多人直到东窗事发都不相信自己受骗了。他太善于倾听,太善于表达,太懂得如何一点一点地走到别人的内心里,如何赢得别人的信任了。他就像一个演技高明的演员,眼泪和爱意都是发自内心的。所以,在这样的一段关系中,谁还会在乎钱?

大多数时候不是金钱打败了爱情,而是这段爱情原本就岌岌可危、不堪一击。他(她)什么都不好,但是他(她)有钱,那么那些不好也就忍了吧,但更多的情况是,她(他)什么都不好,她(他)还没有钱。"没有钱"终于成了压垮这段感情的最后一根稻草。只是世人没有看见前面的巨石、泥沙,却只看见了这根稻草罢了。

不是别人看不起你,是你自己太自卑

1

天下着大雨,我和朋友被困在商场中。恰好商场里有卖伞的,我们便跑到柜台问价格。朋友挑了一把绣花的小伞要售货员拿下来看,售货员迟迟没有动手,却一连强调了三遍:这个伞要三百元一把。我说:"那换一把便宜的呗。"朋友却气鼓鼓地掏钱买下了那把绣花的小伞,还说售货员是"狗眼看人低",觉得她买不起。

三百元一把的伞的确不算便宜,但也不是普通人买不起的东西。与其说是售货员"狗眼看人低",不如说是售货员好意提醒:一时的应急之用,没有必要买这么贵的伞。

我和朋友这样讲,朋友却不信。她说售货员就是看她没有穿名牌衣服,也没有化妆,所以觉得她像个穷人。

"你看,我像个穷人吗?"朋友翘起下巴问我。

"不像不像,像个小富婆。"我赶紧回答。

朋友在一家投行工作,一年挣的钱不少,但少女时代受过穷,老爱纠结别人是不是看不起她,是不是觉得她小气,每次吃饭她都抢着买单,生怕被人误会她要占便宜……

嗯,我就喜欢这样的朋友!

2

和先生去撸串,觉得邻座的几个男生一直在看我,赶紧低头避开他们的目光,可是他们还往我这儿看。于是掏出镜子偷偷照了照,真丑!赶紧以上厕所为借口跑到卫生间去化妆。我仔细地擦了一层粉底,又描了描眉毛,抹了抹口红。从卫生间出来后,先生觉得我莫名其妙:好端端的干吗跑去化妆?

我说:"你有注意到别人在盯着我看吗?"

先生说:"没有呀。"

我说:"有。邻座的人一直在看我。"

先生回头看了看:"哦,好像他们是在看你呢。"

"你说是不是因为我的鼻子太大了,下巴太短了,皮肤不够好,脸上有痘痘,他们才看我?"

先生嘴里一口饭差点没喷出来。

"你有病啊?人家就随便瞄你几眼。再说为什么不是因为你好看才看你?"

"呃……"

我不知道该怎么说。

也许别人是因为我好看才看我,也许别人就是随便瞄了我两眼根本无意看我,但在我心里他们就是觉得我丑才看我的。

我们眼中的自己和别人眼中的我们大概是不一样的吧？

我一女同事，瘦得皮包骨，却天天嚷嚷着减肥，听不得别人在她面前说"你很可爱"这样的话，因为可爱就意味着胖了；也不能在她面前提到"爱睡觉""懒惰""面相有福气"因为这些统统意味着胖了。

她在少女时代是个胖子，花了很大功夫才变成瘦子。

创业小有所成的男性朋友，恨不得把成功史和身家贴在脸上，但凡有女孩在的时候，炫富模式就自动开启，言谈中必提我有几套房产、我的公司估值多少……据说他从前疯狂地追求过一个女孩，可人家女孩特别有钱，根本看不上一穷二白的他。

还有我先生，好像这世上每一件事情之所以会发生都是他的责任：公司的水管坏了，不等管道工来，他一定会去修理；看到超市门口发传单的小哥，他一定会特地走过去多拿几张；上培训课时，老师提问没有人回答，他就慌张地翻书，哪怕给老师一个错误答案也好；领导分配任务，他既不擅长也不想做，但只要超过三十秒没人答应，他就会硬着头皮自告奋勇。

我问他为什么这样，他说你没发现他们都在用期待的目光注视着我吗？

他是家中的独生子，在重视男孩的传统家庭里从小就被寄予了厚望……

影视作品里总喜欢把那些家境富足、相貌好看的男男女女描绘得特别不堪——要么没有同情心，要么任性骄傲、不可一世，但现实生活中这样的人往往是最好相处的。

因为从小富足、相貌好看，所以他们得到的爱更多，缺憾更少。你说他性格外向，他认为是夸奖；你说他性格内向，他还认为是夸奖。你说他节约，他不会觉得你旁敲侧击他小气；你说他买的东西很贵，他也不会觉得这是仇富。

和他们相处时要注意的东西不多。如果你有急事，你可以把他们晾在一边，自己先走，他们绝对不会把这理解成怠慢和看不起。如果你经常和他们在一块，他们会觉得你是欣赏他们，而不会怀疑你另有所图。即便不小心说了不好听的话，也容易被当作无心之言，很少会"上纲上线"。

一帆风顺的生活让他们有了好的性格，而好的性格又让他们更容易有一帆风顺的生活。

我们的现在是我们的过去造就的，我们眼中的自己也是在过往的岁月中形成的。所谓成长，就是超越你的经验和过去，不再受困于过往，而这需要不断的自省，更需要自我提高。

3

电影《盲井》试镜的时候，王宝强贴着墙壁不敢看人，和其他演员大相径庭。那种自卑和没见过世面的样子却恰好与角色相合。

导演说:"这不就是本色出演吗?就他了。"

在此后的几年里,他在媒体面前仍然会表现出那种奇怪的胆怯,直到拍了《泰囧》,名气越来越大,见过的世面越来越多,才自信起来。出道十年后,在综艺节目上,他的活跃程度和幽默感已经丝毫不亚于那些出生于城市,家境一直优渥的艺人,除了憨气的笑容,你无论如何看不出他和其他明星有什么不同之处。

还有前段时间刚生了宝宝的"国际章"。

刚出道时,章子怡脸上的那种固执和拧巴让人心疼又别扭。她曾在一档访谈节目上回忆自己的童年,说小时候家里穷,想逛商场,又怕妈妈因为担心花钱不带自己去,所以总是再三强调只看不买。如今十几年过去了,章子怡事业和家庭双丰收。照片里的她,满面春风,透着温婉,再也不是当年那种非要出头的模样。

一个人要凭空释怀过往岁月带来的伤害和影响很难。感谢苦痛的,也从来都不是还在苦痛之中的人。

如果你觉得别人会认为你穷,也许是因为你挣的钱真的还不够多;如果你总想证明自己的实力,或许是因为你得到的认可还不够让你自信。

想要看见彩虹,就必须等到风雨之后。

我们拧巴着,纠结着,处处提防着,小心谨慎着,也许只是因为自己过得还不够好,做得还不够优秀,不足以忘记过去的苦难和伤痕，得到成长。

要超越过往，首先要超越现状。

愿每个人都能在努力中得偿夙愿，与君共勉。

问别人不如问自己

1

朋友和丈夫吵架吵到要闹离婚的地步,丈夫撞门而去,电话不接,短信不回,只在朋友圈发了一条信息:"别找我,我想一个人静静。"

此后,整整失联了三天。

朋友心急如焚,差一点就要报警。可是第四天早晨,她的丈夫回家了,还带着送给她的小礼物,说自己已经想通,要和她好好过。

丈夫的衣服是干净的,身上没有什么难闻的味道,看起来这几天并没有"流离失所"。

朋友问他去了哪里,他说去了厦门。

朋友的心咯噔一下。

他们一块儿在厦门念的大学,但厦门不仅有他们的大学,还有他的初恋——那时他还没有遇见她。

朋友的心绪一下子就乱了。

他和她见面了吗？做了些什么事？说了些什么话？各种问题一股脑儿闯入脑海。

她想问个明白，又怕破坏了好不容易才修复的关系；她想睁一只眼闭一只眼，却心有不甘。

她甚至开始怀疑他的回归是这位初恋的功劳，他送她的小礼物也是这位初恋帮忙挑选的——他们说了不该说的话，做了不该做的事。

她很苦恼，不知道是问还是不问。

"如果问了，他说他没有和她见面，你信吗？"我问。

朋友犹豫起来，大概从未想过这个问题。

其实，只要有了怀疑，问不问，都没有多大意义，因为无论如何你都得不到自己想要的答案。

他说没见面，你觉得是谎话；他说见面了，你又接受不了这个事实。

2

朋友依旧纠结困惑，闺蜜见状便和我们分享了一个自己的故事。故事发生在她六岁那年，那时候电话还没有普及到家家户户，她的爸爸却接到单位的消息可能要被外派到国外，外派的时间是三年，回来后待遇会变好，还能提干。

征求双方家长的意见时，自然都是劝他不要去，但她妈妈不想影响他的前途，还是决定让他去。

那三年，除了写信之外，为了节省路费，她的爸爸一次也没有回来过。刚开始她妈妈一个人带她,后来家里开始频繁地出现另一个叔叔。叔叔是住在隔壁的邻居,起初只是帮妈妈换换煤气罐,修修灯泡和水管。后来,叔叔也在家里和她们一起吃饭。再后来,叔叔偶尔会留下来过夜,第二天一早偷偷摸摸地离开。

日子就这么过着,直到有一天,她爸爸回家了——结束了外派公干,提前三个月回国。为了给妈妈一个惊喜,爸爸一直瞒着没说。可没想到,打开门后,看见的是正在厨房帮妈妈洗碗的邻居叔叔。

爸爸客客气气地送他出去后,只和妈妈说了两句话:第一句是"这三年辛苦你了",第二句是"我这么久没在你身边,你还愿意与我一起生活吗?"

她妈妈想了想,点了点头。一个星期后,他们搬了新的房子。

她爸爸从来没有问过:为什么那么晚了邻居叔叔还在她家?他同妈妈是什么关系?他为什么帮妈妈洗碗?甚至没有旁敲侧击地向她打听过。

她一直觉得爸爸窝囊,直到后来自己成家了,才体会到爸爸的那份心。在婚姻中,诱惑和选择其实一直都在。你动摇了,我稳住你;我动摇了,你抱紧我。既然决定要继续走下去,知道得那么透彻有什么意义?

"你想继续和他过下去吗?如果想,就不要问。"闺蜜道。

3

闺蜜还是理解错了。

《加菲猫》里有一集加菲离家出走,在外面风餐露宿度过了一段艰苦的日子后被送进了一家宠物店,它开始怀念和乔恩在一起生活的时光。恰好这时,乔恩也走进了宠物店,他遇见了加菲,二人由此团聚,皆大欢喜。

在片子的末尾,加菲说:"我永远不会问乔恩,那天他为什么会走进宠物店。"

有人说加菲聪明,没有真相就没有伤害。

有人说加菲在摆高姿态,不问不代表问题不存在,永远卡在心里成为一个疙瘩有什么意思?倒不如痛痛快快捅破!

其实他们都说错了,加菲不是不问,而是它已经知道了答案并且选择原谅了乔恩。它心里清楚乔恩走进宠物店很大的可能是为了再买另一只猫作伴。但关键是他依然选择了它,而且因为能够重逢喜悦不已。

为了今后更好地生活在一起,一点点不忠贞就不要计较了吧。

不探究不是为了自己,而是为了对方。

闺蜜终究还是没有真正理解自己的父亲。父亲并非不想透彻地知道真相,实际上,在看见陌生男人于厨房中忙碌的那一刻,他就已经透彻地知道了这三年的时光中妻子动摇了、背叛了,否则他不会问出"你还愿不愿意和我一起生活"这样的话。

因为懂得,懂得一个人生活的艰辛,懂得长夜漫漫的孤独,懂得爱就是爱,不需要任何考验,所以选择不拆穿。这不拆穿同样不是为了自己，而是为了妻子——为了在今后携手共度的岁月里，她在自己面前不至于感到羞耻和亏欠，不至于觉得矮人一头，活在被宽恕的光辉里。

有时候不是问不问的问题，而是知道了真相又能怎样？如果怀疑，那么他说什么你都不会信；如果能接受，那么根本就不必问出口。

这一切已经和真相本身无关。

你还爱他吗？

你能原谅他吗？

与其问对方，不如问问自己。

总得有一个人不计较

1

浏览网页时，看到有个男生在网上发帖子，说和女朋友到了谈婚论嫁的地步，却要分手了，因为买房、聘金的事情总是谈不拢。

男孩说，"我们俩人收入差不多，都是一年十万左右，可买房、结婚却都得我出钱。凭什么就不能AA制，一人出一半？凭什么她就过得那么潇洒，能够把收入大部分用在自己身上，而我还得储蓄，还得为了和她结婚做准备？"

男孩子的牢骚一大堆。

女孩子也不甘示弱，在男孩的帖子底下和男孩吵了起来："既然你要和我AA制，那咱们生的孩子随我姓啊。我十月怀胎这么辛苦，凭什么孩子不随我姓？"

"中国几千年的传统就是随父姓。"

"哦？你现在又说传统了。传统都是男方买房、付聘金，还得养我呢，你怎么不说？"

……

两人你一句我一句吵得不可开交。

真不明白，像他们这样是怎么走到谈婚论嫁这一步的——谁也不愿意吃一点亏，谁也不愿意让一点步，又何苦要共同生活呢？

在一段关系中，两个人都不计较是最好的。如果非要计较，那至少得有一方先不计较，另一方在这种"无私"的感召下，也许能够也变得不计较，但若双方都计较，这段关系根本就维持不下去，勉强待在一起，鸡毛蒜皮的小事都会演变成灾难。

2

电影《师父》里演绎着江湖的尔虞我诈、血雨腥风，最写实的却还是男女之间那点事儿——那点儿心照不宣和那点儿情义。

一开始，女人为自己盘算，男人也为自己盘算，两人维持着表面上的夫妻关系，表面上的相敬如宾，直到后来闯祸了，有难了，男人这才将全部身家交付于女人。

"南洋十三年，颗颗是我的血汗。"

他让她在火车站等他，等到了，共度此生；等不到，就用这些钱随便找一个地方生活，不要再待在天津，以免仇家来寻。

他处处都替她想得周到，处处都给了她信任，所以才有她后面的生死相随，面对前来寻仇的众人轻描淡写地说一句："他犯的事儿，我担着。"

感情是一场投桃报李，是一场恩义。你不太可能遇见一个人，一开始就对你死心塌地、全无计较,也不太可能遇见一个人铁石心肠、冥顽不化。于是,在一段感情开始时,总得有人先往前迈一步,先教会对方怎么去付出。否则,各自打着各自的算盘,那么一段关系里的乐趣、温情和感动就都会大打折扣了。

活要抢着干,饭要让着吃,只有这样两个人的关系才能越来越好,感情才会越来越浓。

和老前辈聊天,她讲起婚姻生活中的往事。说是刚结婚的时候,有一年冬天,她窝在被窝中懒得爬起来,阳台的衣服刚洗完还没有晒,恰好先生没有钻被窝,她就让她先生去晒一晒,怎料先生不情不愿,虽然去了,但一边晒一边抱怨,说是哪有让一个大男人晒衣服的,要是被他妈妈看见肯定觉得他娶的老婆不好。

晾个衣服怎么了?大家都为前辈鸣不平。这不就是传说中的"直男癌"吗?姑娘们前所未有的齐心。

但是前辈笑了笑,说:"我才不和他争呢,晾完衣服后,我们就睡觉去了。第二天吃完饭,我又让他去洗碗,他更加不情愿了,皱着眉头,慢悠悠地走到厨房。但还没等他拿起碗筷,我就过去了。我说:'算了,还是我来洗吧,冬天这么冷,我可不舍得让你碰冷水。'"

前辈拿过碗筷要洗,丈夫的脸刷地一下就红了,拽着她的手放也不是,不放也不是。

前辈笑眯眯地对我们说:"有些事情是需要有人教才能学会的。让他感受到你为他付出了一些爱、一些宽容,让他觉得你心里时刻都有他,时刻都为了他好,那么他自然也会愿意付出,愿意为你而牺牲。相反,若是他感受不到你的爱,只感受到了你的计较,那么就会成为恶性循环。"

一个人说:"让你晾个衣服怎么了?"

另一个人说:"为什么要我晾衣服,你就坐着不动?"

一个再回嘴:"衣服不是我洗的吗?"

另一个抱怨:"难道我没干活吗?让你劈过柴吗?让你换过煤气罐吗?"

于是,晾衣服吵,吃饭吵,带孩子吵,扫地、擦地……什么事都能吵,日子就过不下去了:原本浓厚的感情一点一点地在琐碎中消磨干净,到头来互相不待见,互相不满意,都觉得在这段婚姻中吃亏的人是自己。那么这段婚姻、这段感情也就没有维持的必要了。

3

幸福的人都一样,不幸的人各有各的不幸。但若用在情侣关系中,则正好需要颠倒过来,感情好的夫妻各有各的好法,而感情不好的夫妻都一样——计较。

> 我赚的钱比你多,我做的家务也比你多。
> 你过年包给你爸妈的红包比给我爸妈的厚。
> 你背着我给你爸妈买了东西,却没给我爸妈买。
> 房产证、装修钱、首付、贷款……

什么都可以有一分一厘地算计。

既然如此，何苦还要结婚？何苦还要在一起？如果只是为了平摊生活成本、繁衍后代，那么人生未免也太过苍白、太过无趣了吧？

用你希望别人对待你的方式去对待别人，是人际交往的黄金法则，在指责另一半不够真心实意、不够体谅、不懂付出之前，不如先看看自己是否做得足够好。

世人都是一样的，总是对自己宽容，对别人苛刻。

即便是"你若不离不弃，我必生死相依"这样美妙的情话，也依旧要求对方先做出承诺。

可是，我们没有办法控制别人的行为，我们能控制的只有我们自己。要求别人对自己好是一个希望，这个希望能不能成为现实，主动权不在我们，所以我们能做的只是对别人好，先迈出那一步，做一个表率，即便后来可能错付于人，但回忆起来也可以说青春无悔吧。至少，比离开之后懊恼"没有对她更好一点"好得多。

姑娘,我说的可爱不是让你装傻

1

什么样的女生才有吸引力呢?

是二次元漫画里那些看上去人畜无害、大眼细腰的姑娘,还是偶像剧中对世事摆出懵懂表情的天真少女?

不知道是不是这样的银幕形象太过深入人心,以至于现实中有不少女孩也将自己塑造成这样的形象。不管遇到什么事,都睁大眼睛,轻语双唇道一句:"天哪,真的吗?我完全不懂诶!"然后心安理得地等着"男主角"来解释,来拯救,来施予关爱、呵护。

不得不说,真是中偶像剧的毒太深。

前段时间逛论坛的时候看到一个帖子,是一个女生发的,她说自己的丈夫变了,从前什么事都愿意和她交流,现在下了班除了逗逗女儿外,就只抱着手机、平板,自顾自地玩。一问他什么问题,他讲着讲着就不耐烦了:"和你说了,你也不懂,每次都要我解释好久,我好累。"

可是从前,他不是这样的,他对她很有耐心,什么东西都愿意掰开了、揉碎了告诉她,他不觉得她让他疲劳,相反,他觉得她什么都不懂的样子特别可爱。

"是什么让他改变了呢?是不是他在外面有别的女人了?"女生心生疑惑。

而帖子底下的回复清一色是:"即便现在没有,也快了。"

爱情讲究的是琴瑟和鸣。偶尔的无知或许能让另一半体会到自己被需要的自豪感,但一直都无知,最初的悸动过后,交流和沟通还能继续进行吗?没有人会希望伴侣与自己聊天时像个幼童一样眨着大眼睛,动不动就甩出"十万个为什么"。如果事事都要解释,聊个天得有多费劲?

可爱是真性情的流露,而不应当是矫饰出的天真。

更可怕的是,饰着饰着信以为真,把理想的女性形象误会至此,停下了自己前进的脚步,越发追不上另一半。待到关系出现裂痕,才来埋怨:我还是那个我,对方却为什么变了心?

2

认识的一个前辈姐姐前段时间结婚了,丈夫是一家上市公司的高管,年薪百万。按照一般人的想法,这个姐姐应该是个肤白貌美、细腰丰臀的年轻姑娘吧?但实际上并不是这样。她已经三十五岁了,长相算不上美艳,身材也很一般,笑起来的时候眼角还会有细细的纹路。

大家问她丈夫为什么和她在一起,她丈夫回答没有为什么,就是聊得来。

两个人可以从经济学聊到艺术史、从艺术史谈到前沿科技。

他讲哈耶克，她就谈弗里德曼。

他说起托尔斯泰，她就讲雨果。

如果不停下来，两人可以一聊一个通宵。

二十多岁的小姑娘他不是没见过，追她的年轻男孩子也很多，但漂亮的皮囊看久了终究会审美疲劳，最初的心动过去后，能和谐相处才是真的。

与一时的感官愉悦相比，棋逢对手的感觉自然更胜一筹。

在婚礼上，有个年轻的小姑娘开玩笑似的问前辈姐姐"钓金龟婿有什么秘诀"，前辈姐姐一脸认真地回答：永远不要想着钓一个金龟婿。

如果你希望自己是个新鲜有趣的人，就一定要保证终生学习。

把希望寄托在一个男人身上，就意味着你要取悦他。取悦一个人一时容易，取悦一个人一世就太难了。把自己放在商品和宠物的位置上，又怎么可能与对方建立一种平等的关系呢？

3

看一档调解家庭矛盾的综艺节目，节目上妻子想和丈夫离婚，丈夫却坚决不同意。

丈夫说："我没有外遇，你也没有外遇，平时相处中我们甚至不怎么吵架，感情没有破裂，为什么要离婚呢？"

妻子说："因为我们没有共同语言。"

两人是高中同学，在高中就确定了恋爱关系。后来，妻子考上了大学，而丈夫高中毕业后就没有继续读书了，他在妻子所在的城市打工。妻子大学毕业后两个人结婚，婚后妻子又继续读研深造，一路读到博士，还作为交换生出国留学了一年；而丈夫始终在工厂里打工。

在妻子读书的过程中，丈夫一直在经济上给予支持。他说他想不明白，十几年的感情，妻子怎么能这么忘恩负义。台下的观众也指责妻子这是"过河拆桥"。

但妻子表示，只要能结束这段婚姻，给丈夫补偿多少钱都行。

"有时候你想和他说些什么，可一开口就发现要解释的东西太多，于是满肚子的话就又咽了回去，而他唯一愿意阅读的东西是地方早报。"

不论是谈吐还是气质，他和她的丈夫早已是两个世界的人了。

也许她也曾试图挽回这段婚姻，但终究两个人之间的距离实在太远，即便蹲下也还是不能平视。

也许她只是想找到一个能携手畅谈的伴侣。

丈夫的愤懑可以理解，但妻子的痛苦也让人同情：一个人的时候不一定孤独，两个人在一起无话可说才是真正的孤独。

婚姻应该是漫长黑夜中的携手共度，而不应该是孤独。

结合和离开都是自由的，只愿一别两宽，各生欢喜。

4

有些感情注定会沦为成长中的踏脚石。

你以为自己喜欢天真无知的姑娘，但相处久了却发现这样的关系索然无味。

你以为他喜欢在你面前成为一个指引者，什么都知道一点，什么都会一点，结果辛辛苦苦装傻，他却脱口而出嫌你愚钝不上进。

"太聪明的姑娘男人不敢要"其实是句假话，更正确的说法是，连聪明姑娘都不敢要的男人千万别嫁。

他怕你比他优秀，他怕无法掌控你，他怕你太明白自己在这段关系中的所得与付出。

那么这样的关系又有什么维系的必要？迎合这样的审美，你又能收获到一个怎样的男人和恋情？

还是那句话，想要取悦一个人一时不难，可想要取悦一个人一世却太不容易，经营好自己，才有底气不把对未来的期望放在别人身上。

可爱不是装傻，而是真性情的流露。

你以为你有多好

1

朋友又失恋了。三年来换了五个女朋友：最长的谈了一年，最短的只谈了两个月，全都以失败告终。

每次问他怎么回事，他都会说："我哪知道啊？我又没做错什么。"再要深究，他就会指出那些姑娘的种种不是，比如，小心眼儿、爱生气，比如，不会来事儿，看不懂别人脸色。而他唯一的问题就是运气不好，遇人不淑。

刚开始大家还会附和着安慰他两句，时间久了，也就没人管他了。

一次被甩是别人的问题，两次被甩还是别人的问题，但次次被甩，那就得在自己身上找问题了。哪怕真是对方人品不行，也只能说明你的眼光有问题。

何况，在我看来，他的毛病实在不少：他没有时间观念，每次约他出来玩都磨磨蹭蹭，迟到一个小时以上是家常便饭；他爱吹牛皮，月薪不足万元，却老爱高谈阔论讲几千万的项目；最关键的是，他还是个暴脾气，做得不对的时候，别人刚说两句，他扭头就走。

这样的人，能交到女朋友已属不易，何况还要长期相处呢？

自省是改变的第一步。如果事情总是不能够顺利进行，不能够依照希望的方向发展，那么最好先停下来，想一想是不是自己有什么地方做得不对。

我和朋友说："你偶尔也应该反省反省自己嘛！"

朋友听了嗤之以鼻："你们女人一个个都是公主病，老子没偷、没抢、没出轨，还要怎么样？伺候不了。"

好吧。迟到不是错，乱发脾气不是错，爱吹牛皮不是错，只有偷钱、抢劫、出轨才是错。

那我只能在心里默默念一句"祝你孤独终老"了。

2

把问题归咎到别人身上是一种最简单粗暴的处事方式。完全撇清自己的责任，对于成长来说，没有任何好处，对于改变糟糕的状况更没有好处。

一个母亲带着儿子来心理咨询室做咨询。儿子已经三十多岁了，却不肯出去工作，每天待在家里。母亲逢人就说："哎呀，我怎么这么倒霉，人家儿子都成家立业了，我的儿子却还要我养着、伺候着。"

儿子在一旁一言不发。

咨询师问他："你为什么不去工作呢？"

他回答："没为什么，就是不想去。"

咨询师又问："你为什么不想去呢？"

他不回答。他的妈妈却开始唉声叹气起来："我这儿子原本在我身边一直很乖，上班之后，就被他的同事带坏了，回来也不愿意和我讲话，后来换了一份工作就天天打游戏，再后来他就连工作也不去做了，都是他那些同事搞的鬼……"

在妈妈眼里，儿子不去工作是因为被同事带坏了。那么妈妈说的是事实吗？

单独深聊之后，咨询师才发现，这个母亲其实一直在控制着儿子的生活。儿子十四五岁的时候，她就和丈夫离婚了，此后坚决不让儿子与父亲见面。父子俩生活在同一个城市，却已经十六七年没见过一次面、没说过一句话。同样的，她也不允许儿子和她认为会带坏他的同事、朋友接触，枉顾他已经33岁这个事实。

儿子所做的一切不过是在对抗母亲的安排。

从小被控制惯了，做惯了乖孩子，他不敢真正的反抗，只能以不去工作、每天待在家里这种方式来表达自己的不满。

咨询师对他母亲说："你这个儿子呀，不是不乖，而是太乖了。

母亲撇了撇嘴："他若是乖，还会待在家里不去工作，也不愿意和我说话吗？"

母亲丝毫没有意识到自己的问题：对于一个三十三岁的人，她竟然还在用"乖不乖"来形容,她抱怨着自己的付出没有回报,抱怨着自己命苦,抱怨儿子没有责任心、没有一个成年人的担当。可担当不是长到一定年龄后自然而然就会有的,它是在过往的生活中逐渐培养起来的,而培养他的人又是谁呢?

也许,母亲这样做有自己的心结,但那已经是另一个问题了。

推卸自己身上的责任无益于问题的解决和关系的改善。

3

看一档电视节目调解情侣的情感问题,一个女孩在节目上要和男孩分手但男孩怎么都不同意。这个男孩是个歌手,迷上了整容,花光了两人十几万元的积蓄,只为了有一张漂亮的脸,而且花的这些钱从来没征得过女孩的同意。女孩一而再、再而三地劝说这个男孩,不管是从经济压力,还是从健康角度,但这个男孩都置若罔闻。终于,在又一次整形之后,女孩受不了了,愤而提出了分手。

男孩子来到节目上想要挽回两人之间的关系,但出乎意料的是他不仅不道歉,还一口咬定自己没有做错。

"你就是目光太短浅,我整容难道不是为了让我的事业发展得更好?发展好了,才能赚钱。赚了钱,还不是我们一起花?"男孩振振有词。

但是看起来女孩已经不是第一次听到这样的话了。她失望地摇头叹气,指责男孩子已经整容上瘾。

"整容对你的事业根本没有任何帮助,只是把我们的经济状况拉到谷底!"女孩说。

男孩子的相貌底子不好，整形后也谈不上帅气。明眼人一看就知道，即便要走演艺道路，他也绝对不是偶像歌手的料，倒不如把精力放在提高歌唱水平上，向实力派靠拢。

可不管女孩怎么说，大家怎么劝，男孩依旧是一副你们不懂我，我根本没有错的样子。

即便他真的能够通过整形得到更好的机会，花别人的钱整容也不可能是一件正确的事啊。

那场调解我没有看完，估计不会有什么好的结果。和一个不懂得自我反省的人在一起生活是一场灾难，即便没有整容这件事，也可能有别的事出现。矛盾只是性格弊端的显现。

要想和一个人长相厮守，就得能站在对方的角度思考问题。当你站在对方的角度思考问题时，你也许会发现，你并没有自己想象中那么好、那么完美，你做的事情也不是都那么站得住脚、那么无懈可击的。

我一直不喜欢"有则改之，无则加勉"这句话，但不得不说，有时候，它也是对的。

PART THREE

接受生活的不确定才能更好地生活

人有时候需要身处绝境才能勇往直前,因为后路太多就没有背水一战的决心了——心理学上把这叫作赖在舒适区里。

了解是最好的方式，沉默是最好的回答

1

周末和一个做HR的朋友吃饭，聊起公司面试应届毕业生的事情，我问他平时如何为公司甄选最合适的毕业新人。原以为他会说一些看工作能力、学习能力之类的老生常谈，谁知他却说工作能力和学习能力都是次要的。

同一个学校同一个专业出来的，能力一般相差不大，就算相差很大，也不是短时间内能看出来的，所以面试的时候为了判断他们是否适合公司，朋友会使出一个撒手锏，就是问他们对公司的看法和改进建议。

问看法是为了考察他们对公司的了解程度，在能力难以辨别的情况下，态度就显得尤为关键。那些海投简历，面试前连基本功课都不做的求职者可以直接被pass了。

而问他们对公司的建议则是为了甄选出能最快适应工作的员工。

见我不解，朋友和我分享了一个关于面试的故事。

来面试的是一个211大学毕业的本科生，形象很好，成绩和简历看起来也都还不错，笔试甚至还考了第一名，板上钉钉是要被录取的人了。朋友按照流程问了他那个撒手锏式的问题，结果他回答之后，人事部门的讨论结果却是不录取他。

不是因为他对公司没有了解，也不是因为他什么建议也没提出来，恰恰相反，他提了很多建议，而正是这些建议让他失去了这个职位。

"公司最初让求职者提建议的目的，是希望能够收集到一些切实可行的改进方案。只不过，后来发现，对于职场新人来说，他们很少有人能提出有效的解决方案；而那些提出错误建议越多的人，越难在今后的工作中快速融入和投入，因为他们普遍都有一个缺点，那就是太自以为是！所以，虽然这个提建议的策略被保留了下来，但不是用于收集改进方案，而主要用于甄选出能最快适应工作的员工。"朋友慢吞吞地说。

"可是，这样会不会有些武断？毕竟那些提出建议的人，至少是认真了解并思考过公司状况的人啊。"我忍不住打断他。

朋友笑了起来："思考又不是什么了不起的事情，是个人就会思考，可怕的就是懂得太少却思考得太多。"

2

我的职场经验并不算丰富，所以对朋友的这种想法不是十分认同。回家后，问了职场"老鸟"陈先生同样的问题："假如你去一家企业面试,而你是个刚入行的新人,HR让你为公司提一些建议,你会怎么说?"

陈先生摇了摇头,说:"除非有百分之百的把握,除非那是一家新公司,否则什么建议也不会说。"

"为什么?"

"因为一个老公司运行了那么多年,公司有什么问题,公司的高层、中层比你一个刚入行的新人心里清楚得多。他们没能解决的问题,你能解决的概率有多大?通常,要么你以为那是公司的'问题',实际上却是你自己没弄明白公司的制度规章;要么你提出的建议是早就被否决的方案。与其贸然地提出建议,还不如保守一点,聊一聊你觉得公司里让你不太理解的方面或者可能存在问题的地方。至于建议嘛,若真是可行,等到入职之后再提也不迟!"

见我还没有信服,陈先生又和我细数起了自己当年在物流公司做部门经理的种种。每次开员工大会,下属都会对公司的奖罚机制大谈特谈,说这样的奖惩制度让公司员工流动性太大,留不住人。

"那些提建议的人每次都说得头头是道,却从来没被高层采纳过。为什么呢?因为公司根本不需要留住人。作为一个劳动密集型企业,完全没有任何技术含量,除了司机,大多数员工只要有力气就可以上岗。设立奖惩制度只是为了花最小的代价雇佣到最多的员工,维持最基本的秩序而已……"

大多数新人的建议,除了暴露自己的无知和自以为是之外,对企业来说都是没有用的,因为他们掌握的知识和信息太少。作为基层员工,张口管理,闭口改革,一看就不像是踏实干事的人,能让公司领导喜欢吗？

所以，懂得不多就不要随便发表意见。了解是最好的方式，沉默是最好的回答。

3

陈先生说的不无道理。想起我以前写书的时候也是这样，虽然是个外行，但我特别喜欢参与封面设计。

封面出来的时候，设计师或编辑会问作者对封面有什么意见，比如：颜色会不会太鲜艳？标题会不会不够醒目？图案是否能够吸引你？

那时，我通常会给出很多答案：颜色的确有些鲜艳，如果能换成黄色或者绿色就更好；图案的话，这边最好再添一点什么；标题的话，应该换成这种字体比较合适……

直到有一天，设计师和我说，你只需要告诉我感觉就行了，不需要告诉我怎么修改。那话里透露出来的搞艺术的人的自信和不屑令我很不服气。

为了证明我的意见是正确可行的，我特地去学了Photoshop，并把我的修改意见一条一条地在设计师给出的方案上实践。结果，原本鲜艳的颜色变得土气，标题看起来更像是小学门口的复印店弄出的货色。我修改了数次，都没能把封面修改成我想要的样子。我这才愿意承认，他是对的。

作为一个外行，我的具体意见的确多半没用——他这么多年都在这个行业里学习、工作、深造，并以此谋生，我凭什么觉得自己的意见能够指导他？

HR那个问题的含义也是如此：职场新人连行业的门槛还没跨进去呢，就大谈特谈公司的管理弊端、产品缺陷，又怎么能让公司领导感到满意呢？

设计师有时得忍受客户的"坏品味"，而公司没有必要忍受雇员的盲目自信。

我其实挺能理解初出茅庐的职场新人的那种满腔热情。有热情本身没有什么不好——没有热情就没有动力，但在保持着这样一份热情之余，最好还能注意一下自己的言行。

谨慎的人总是不容易犯错。

假如你失去了赖以谋生的技能

1

野夫先生在自己的文章里提到了一个穷困潦倒的朋友。那位朋友富有正义感，认真、执着，若不是年轻时处于一个动荡的年代，必然会成为一个学者。但是他不仅没有成为学者，还失去了工作的机会。为了养家糊口，他学了一门手艺——靠给人修补搪瓷脸盆和牙杯过生活。他独自一人养着一家三口，但随着用搪瓷盆具的人越来越少，他的收入也越来越少，直到再没有人需要补一个坏掉的搪瓷盆，他失业了！

这个人的运气坏到在每一个人生的岔路口都被推搡着走向了一条错误的道路。假如他不是生在那个年代，又或者他学的不是修搪瓷盆具，一切会不会全然不同呢？

可惜，一个人并不能选择自己生活的年代，也没有足够的预见能力去做出一定正确的选择。更何况在时代的洪流面前，把希望寄托在好运气上实在太过渺茫。

2

　　值得庆幸的是，现在我们大多数人都不再活在那样的境况下，只要愿意，都有机会接受高等教育；只要肯努力，总是比同样条件下不肯努力的人有更多的机会展示自己。我们拥有更多的平台和选择——毕业后可以选择到公司里上班，也可以选择自己创业。创业没有资金，我们还可以去找风投，做众筹。

　　这是一个快速发展的时代，它给了我们更多的机遇，也给了我们更多的挑战。

　　前段时间，有个朋友和我说他想跟我学写东西。我问他怎么了，他说他失业了。他已经三十五岁了，做了十来年的手机硬件工程师，却被公司裁员裁掉了。他想要重操旧业，可是逛了各个招聘网站才发现，整个北京招聘手机硬件工程师的单位不超过三家。

　　手机市场如火如荼，我们怎么可能不需要手机硬件工程师呢？我不能理解。

　　朋友说，是的，手机市场如火如荼，手机也还需要硬件，可是手机商家不再需要硬件工程师了——有太多的地方可以让他们定制，而自主研发的成本太高，所以没有必要自己研发。

　　"那你还可以去专门研发手机硬件的公司啊？"我说。

　　他回答："这样的公司国内很少，而且基本已经饱和了。"

　　做了十几年技术并且也只会做技术的朋友，就这样失业了，在一个略显尴尬的年纪，不得不盘算着再学点什么才好。

"从手机的普及到现在也不过十几年时间,谁能想到呢?当初上学时,还觉得这是个新兴技术、新兴产业呢!"朋友感叹。

是啊,原以为有一技之长就不会挨饿,甚至还可以养活一家人,却发现事实并非如此。今天人们不用搪瓷脸盆,不需要手机硬件工程师,明天也许人们也不会再使用液晶电视和笔记本电脑。我们永远没法做到拥有这样的远见,因为技术更新换代的速度太快。

3

想起自己十五六岁的时候特别希望长大以后能够靠写文章生活,还能和几个志同道合的朋友合办一家杂志社。

为了实现这个理想,我一直尝试着给杂志写东西。二十一岁时,我终于发表了第一篇小说,并且认识了很多同样给杂志社供稿的朋友。

我当时计划每年写几十万字,在一线期刊界混个脸儿熟,等有一些知名度后,就开始后续计划——拉拢几个志同道合的作者,寻找资源,向创办杂志的路上迈进。

我觉得我的想法是靠谱的。

20世纪90年代末到2001年前,杂志捧红了非常多的写手。在这行混,我能认识多少慢慢成长起来的红人呀?每个红人都有一票粉丝,那么杂志还愁销量吗?

谁知道这美梦做了不到一年,就发现越来越多的人不再读纸质读物,而是习惯于阅读电子读物。杂志开始一家接着一家倒闭,稿费也从千字三百块钱降到千字两百、千字一百五,然后是暂停收稿，最后关门。

同行们见面时聊起行情都是怨声载道。杂志社的编辑也纷纷转行：有做文案的，有做剧本策划的，有到图书公司做编辑的，还有的干起了与文字不相干的销售、保险、艺人经纪人……

我也放弃了给杂志写稿，开始写书和剧本。

要是十年前有人告诉我"有一天人们会不再阅读杂志"，我一定不会相信，手机问世之初恐怕也没有几个人能想到它将取代大部分的快速阅读产品甚至书籍，给传统媒体行业带来这样巨大的危机。

一个人的计划未必能赶上变化快，常常要让计划为变化让步，能让步总还是好的，怕就怕故步自封，停滞不前。

4

大部分同行都另谋出路了，但有一个圈子里的朋友却仍坚持给杂志写稿——成人类杂志倒了，她给少女类杂志写稿；少女类杂志倒了，她就给儿童文学类的杂志写稿……她有大把的机会写书、做新媒体、写影视剧本，可是她并没有转战到这些方面去。问她为什么，她说要开拓一个新的领域有太多的不确定性，虽然现在收稿的杂志少了，但常年合作的那几个上稿率很稳定。

这话听起来好像没错，可万一连这些杂志都不在了呢？不趁着媒体的转型期抓住机会转行，到时候还来得及吗？

祖母年轻的时候恰逢医疗荒，医务工作者特别匮乏。政府办了医疗培训班,想要培养一些医生和护士。祖母被选上了。她满怀希望能当上一名医生,所以学得很勤奋刻苦。但是有一天上课的时候,祖母忽然头晕呕吐起来。去医院检查,医生告诉祖母她怀孕了。那时祖母刚结婚不到半年,没想到孩子来得这么快。虽然身体不适,但她还是坚持学习。只是后来她肚子越来越大,学习越来越吃力,最终还是被迫中断了学业。

那个培训班出来的学员大多得到了继续深造的机会,到医院实习、培训,到专业院校学习……几年过去后,祖母想要再踏入这个行业,却发现已经不是上培训班这么简单了。她得上高中,再考到正规的医学类大专院校才有机会成为医生。她又拖家带口的,比当年更不方便,最终只好放弃。

祖母常常满怀遗憾地抱怨,说自己当年就只差了一点点。

一个行业的秩序还没完全建立起来的时候,就是要转行的人最有机会的时候。一旦秩序建立起来了,门槛变高了,连入行都变得万般困难,又何谈成为其中的佼佼者呢?

我总是不厌其烦地劝那位朋友,但收效甚微,大概不到万不得已的时候,人总是无法下定决心吧。

5

在这个变革的时代里,你很难知道今天流行的东西明天是否会被淘汰,也很难能预见到那些看起来稳稳当当的饭碗会不会有一天不再稳当。

我常常问自己：假如有一天，现在谋生的技能不再被需要了，我还能做什么呢？

每当答案不确定的时候，我就会再去学点什么：学写小说，学写励志随笔，学写剧本，学写儿童文学，学做广告文案、展馆文案……

跟上时代的脚步实在不是一件容易的事情，只有终身学习才能应对各种不确定。

多给自己留一条路，前方无路可走的时候才能全身而退。

不要想控制一切

1

在厦门生活的第二年，我辞去了工作准备考研，在学校附近租了个便宜的房子，每天早晨六点起床，夜里十二点半睡觉，抱着厚厚的书本混迹在大学校园中，和学生们一起泡图书馆。

因为搬离了熟悉的生活圈，又缺少朋友，在陌生的环境中，人难免会萌生出一种奇怪的孤寂感。尤其是夜幕降临的时候，回到住处，望着昏暗的房间，这种感觉就从心底弥散开来，变得更加强烈。它让人陷入伤感和持续的怀疑中，无法排解，只好把精力更多地用在了备考上。

在长达半年的时间里，我没过过周末，没睡过懒觉。我非常努力，努力到好像没有办法更努力一点了。

我对未来充满了憧憬，这是我在孤寂中坚持下去的动力。

可惜结果不好。

监考老师帮我封答题卡的时候没有把原卷封进去，他们为了免担责任，哄骗我签了一个"责任书"，取消了其中一科的成绩。

男友因为看不到我的前途向我正式提出分手。

我回了家乡，积蓄捉襟见肘，只好到一家小酒吧做招待。

客人多的时候，我手忙脚乱地应付不周，所以只做了一个星期就被辞退了。

我没想到，我连服务员都做不好。

我开始找新的工作。辗转去了一座城市又一座城市，穷得叮当响，又意外遇到小偷，所有的现金和银行卡一次性被偷了个精光。

我蹲在地上大哭。我想不明白，好端端的生活为什么会变成这样：一下子没了经济来源，没了安身之所？被取消成绩的那一科只算及格，我的成绩也高出录取线二十多分。要是稍微有一些好运气，我也还能找到一份工作，不至于为了那点生活费被偷在路上痛哭流涕……

我心灰意懒，觉得看不见未来的希望了。直到有一个朋友对我说："你得接受生活的不确定。"

这个世界上的未知很多，并不是你做足了准备，就能事事顺利。你以为你不能接受的是这样的结果，但实际上你不能接受的是辛辛苦苦付出了这么多后，还得到了这样的结果，就像被剥夺了对生活的掌控权。但是，实际上，从来没有人完全掌控过生活。

如果生活从来没有放过谁，那我又何必耿耿于怀呢？

我重新开始经营起自己，努力写文章，学习新的技能，日子就这样一点一点好了起来。

有时候,比起挫折本身,影响我们向前的更多是那种愤愤不平的委屈与不甘。

2

过年回家,见到了表姐和七岁的表侄。数月没见,表姐看起来苍老了很多,和表侄的关系也变得剑拔弩张。

她拉着我的手抱怨,说她想不明白,她对表侄这么用心,照顾得这么面面俱到,可是表侄竟然出现了行为问题:不愿意听课、不愿意做作业,成绩一塌糊涂。

表姐说:"我和你姐夫闲暇时间都喜欢阅读,可是让他坐在书桌前看书,他一分钟也待不下去。带他去做检查,没有多动症,也没有阅读障碍。我们不明白为什么会这样?"

表姐用期待的眼神看着我,希望我能给出一个答案,但遗憾的是,我也不知道为什么会这样。

表姐的育儿方式堪比教科书。比起大多数家庭的父母,他们对孩子的用心程度可以称得上完美:几个月大的时候需要抚摸;零到三岁要给予无条件的爱;处于秩序敏感期的孩子很固执,哭闹时要尽量安抚……他们没骂过表侄,没打过表侄,而表侄也一直按照教科书上的模式发展。直到上了小学,大家忽然发现他对学习这件事毫无兴趣。

他宁愿帮爸爸擦地板、帮妈妈洗衣服,也不愿意读书、做作业。表姐用了很多方法,不仅没有任何改善,表侄和她的关系还渐行渐远。

"你知道吗,"表姐对我说,"从他两岁开始,我就每天晚上陪他看绘本、读故事,我无法接受我的努力得到的是这样的结果。如果他有阅读障碍、有多动症也就罢了,可是他根本没有这些问题……"表姐看着我,情绪十分激动,一如我当初。

她并非无法接受表侄对学习没有兴趣,她无法接受的是她这么用心地教育表侄,表侄仍旧对学习没有兴趣。她希望得到一个理由。但是,不是所有的事情都有理由的。

"既然已经这样了,你也别为难他了,又不是非得看书才能得到知识和信息。试试别的办法,至少能改善一下你们母子之间的关系。"我试图宽慰表姐,但表姐就是无法释怀。她不打算采取任何行动,只是不停地问着"为什么",试图找出让自己信服的答案。

大多数的挫折并不能让人持续地感动痛苦或者一蹶不振,让人持续痛苦和一蹶不振的是我们拒绝承认自己没法预测结果,我们在顺遂的时候活在掌控的幻觉里,因此面对突如其来的打击时容易变得愤怒和不甘心。

这样的愤怒和不甘心对解决事情毫无用处,只能让我们怀疑自己的价值,变得怨天尤人、满心戾气,失去继续向前的行动力。

3

我现在已经很少对一件事情的结果抱什么执念,我希望它是这样的,但我明白它们未必会这样发生。

那些不好的事情总是可能出现,即便你没有做错什么。比如,你会遇见倒霉的事,会处于困境之中,也许是一天,也许是一个月，也许是一整年……重要的是，发生的已然发生了，向前生活远比埋怨更加明智。

不再苛求控制，接受生活的不确定，是成熟的开始，而成熟，能让我们更好地生活。

不敢为自己争取的人,永远都是弱者

1

七八年前我还在念大学,暑假的时候跑到一家律师事务所去实习,实习生的工作比较无聊、烦琐,无非是整理卷宗,帮忙写一两份无关紧要的起诉书或答辩状。因为律师们要出庭,不常在所里,所以大多数时间所里只有一两个实习生和做行政的大姐。又因为我总是准时上下班,所以我成了整个律师事务所里出勤率最高的人。

本来这是一件好事,至少不是一件坏事,因为勤奋的人大家都会喜欢,可谁知道,实习的第二周,所里的一台备用固定电话丢了。财务跑来问我有没有看见,我说我没看见,她哼了一声,道:"也不知道谁招来的,一个破固定电话也要拿。"

整个所里只有我每天最早来、最晚走,她自然第一个怀疑的人是我。

可是,我要一个固定电话做什么?

我想辩解,她却已经头也不回地踩着高跟鞋回办公室去了。我追到办公室门口，正要敲门，心里却胆怯了起来。

这是我第一次遇到这样的事情，不知道该怎么处理。

她并没有指名道姓，这样贸然去解释会不会很尴尬？

万一不小心起了正面冲突该怎么办？

她会不会说我太敏感、玻璃心呢？……

我就这么站在她的办公室门口，犹豫了好像有一个世纪，最终还是没有敲响她办公室的门。

"清者自清"，我拿这句话安慰自己，内心却始终耿耿于怀。实习期还没结束，我就离开了那家律师事务所。

朋友问我为什么离开，我说了来龙去脉。

原以为朋友会安慰我"别和那种人一般见识，早走早好"，没想到朋友不仅没安慰我，还一副恨铁不成钢的样子指着我说："你呀，就是太孬了！被人欺负到家门口也不辩解。如果你不在乎，可以不辩解。但你明明在乎得要命，却为什么不辩解？即便你误会了她的意思又怎么样？她能吃了你吗？"

一席话说得我承认也不是，不承认也不是。

其实没错，他说得很对，这样的表现就是太孬了。

2

离开律师事务所之后，我去兼职做模特赚外快。参与拍摄的模特都是化好妆后一起乘坐公司的面包车去需要几个小时路程的拍摄场地。我身高只有166cm，在那个小圈子里算是很矮的，但从来没有人嘲笑过我，毕竟大家都是出来挣一点零花钱，观众没意见就行。

然而，有一次去做礼仪模特时，却遇到了一个特别不给面子的"同行"。她一路上都在拿我的身高说事，张口"你这么矮"，闭口"你这么矮"，还嫌弃我的衣着打扮，说从来没见过圈子里有我穿得这么土的姑娘。我不知道该说什么，也不擅长骂人，所以始终保持沉默。她却越发得意。在后台换衣服的时候，她扣不上领口的扣子，就喊我帮忙："嘿，你过来帮我扣一下。"

快要开场了，我赶紧走过去帮她扣扣子，怎料不小心掐到了她脖子上的肉。

她尖叫了一声，问我是不是故意报复她。

我当然不是故意的，可是……那一刻我忽然想起了朋友的话："她会吃了你吗？"于是，我脱口而出："没错，我是故意的。"

说完这句话，我的心怦怦直跳。她愣住了，显然没想到我会这么强硬。两个人都有些下不来台，直到主持人到后台喊人。原以为散场后一场冲突在所难免，谁知道她主动对我笑了笑，也不再拿我的身高说事，甚至回去的路上还一个劲讨好我，拉我和她去别的场赚外快。

人有时候就是一种丛林动物：你客客气气的，不为自己争取，看起来就显得软弱可欺——连自己的权利也不要，对手都看不起你。

3

几个朋友聚在一起聊天,讨论什么样的人最不讨人喜欢,有人说爱吹牛的人最不讨人喜欢,有人说没本事又爱吹牛的人最不讨人喜欢……说到最后,大家一致同意,最不讨人喜欢的不是爱吹牛的人,也不是没本事还爱吹牛的人,而是"尿"人。

所谓"尿",就是想而不敢。

想追求心仪的人又不敢表白,整天发些没有营养的短信试探,聊天的时候还老爱把"我还不够好"放在嘴里,指望对方主动安慰。

被人欺负到头上了,想为自己出口气,可是又瞻前顾后,不敢行动,美其名曰"善良、不计较",私底下咽不下这口窝囊气,只好对亲近的人撒火。

权利被侵犯了,担心贸然维权如果不成功还会失去既得利益,所以憋憋屈屈的,只能在背后逞口舌之快……

人的气质是一以贯之的,像这样畏首畏尾的,久而久之,整个人都会显得特别阴郁、特别小家子气。

想来,这世上的一切都是要靠自己争取的——权利要靠自己争取,幸福要靠自己争取——它们不会因为你只是在心里想了想,就自动来到你的眼前。

4

有一次听一档午夜电台节目,一个嘉宾给听众讲了一个关于他自己的故事。他说他年轻的时候在国外求学,喜欢上了一个很特别的亚裔姑娘。那个姑娘每天都会到他勤工俭学的图书馆看书。

有一天,他买了两张电影票,下班后追出图书馆,想要把票给那个姑娘。可是他发现这个姑娘竟然从地下停车场里开出一辆漂亮、昂贵的跑车。他犹豫了,最终把电影票塞回了自己的口袋里,他觉得她太有钱了,他根本配不上她。

后来他们成了好朋友,除了爱情,无话不谈。他对自己讲,等有一天能买得起这么好的车的时候就去找她表白。然而他赚到第一桶金的时候她已经有了男朋友。

她想把男朋友介绍给他认识,他却找各种理由推脱,他总觉得自己还是很卑微,上不了台面。就这样,两个人渐渐疏远了。

她结婚的时候,他收到了她的邀请。他怀着复杂的心情给自己买了好看的西装,开着漂亮的小车出席了她的婚礼,浑身上下都有一股子玩命劲,生怕被人比下去。可是,那场婚礼却非常简朴,新郎并没有什么显赫的背景,也没有车,甚至根本不会开车。

"我以为女人都喜欢强者,所以我拼命把自己变强,却发现原来不是每个女人都喜欢强者。"节目末尾他总结道。

可惜,这么多年,他还是总结错了。优秀的人都喜欢强者,这与男女无关,只有弱者才需要弱者衬托,而不敢争取本身就是一种软弱。

他那么软弱,又怎么能打动她呢?

感谢岁月让我现在比从前勇敢得多。每次遇到胆怯的事情,我就会问我自己,怕什么呢?即使是最坏的情况,他也不会吃了你。

与君共勉。

不要总待在你的舒适区里

1

不知道有多少人有这样的经验：刚刚步入一个行业或者开始一份新工作的时候，总是愿意在"拓展"上花费比较大的精力。不管是拓展人脉，还是拓展能力、拓展业务范围，一旦工作步入正轨，成了行业里的"老人"，这种愿望就淡了。

尽管你知道你还有很多事可以去做，但似乎总是说说而已，难以下定决心；又或者即便下定决心，最终也会因为碰了几次壁不了了之。于是，你把这一切都归结为自己年纪渐长，无欲无求。

我有一个朋友，职业是导演，上知天文，下晓地理，博古通今。论见多识广，在我见过的导演中，他算是个佼佼者。然而他却总是在拍各种广告片和宣传片——每次兴冲冲地筹划剧本、投资，说要拍电影，不出半个月，必定又会回到拍广告和宣传片的老路上。摆在眼前的钱实在让人难以抗拒。挣了钱，舒舒服服地休息一阵，电影的事情就又抛到了脑后。毕竟那是一项十分烦琐的"工程"，从立项到剧本到投资，即便有名利诱惑摆在面前，终究要攀登不少难以逾越的险峰，于是一而再再而三地拖延，最后不了了之。

我总替他可惜，想着要是没有那么多容易挣到的钱，只有影视这么一条路可以走，估计他的成就早就不可同日而语了。

人有时候需要处于绝境才能勇往直前，毕竟后路太多就没有背水一战的魄力了——心理学上管这叫作赖在舒适区里。

如果我们在一个让我们感到放松、稳定、能掌控的区域里待久了，我们就会变得不愿意突破自己，不愿意再花力气做自己想做但又有一些挑战的事情。

虽然待在舒适区里并不是什么错误的事情，但我们不应该限制了舒适区的扩张。

2

对于任何一样不熟悉的事情，做久了自然就会熟悉；对于任何一个陌生的环境，待久了自然就不再感到陌生。跨入新的领域，只需要克服短时间的焦虑不安和辛苦，就能让你有更多的选择，何乐而不为呢？要知道，那些挑战也是机遇，它们有一天也会变成你的舒适区。

对从来没写过广告文案的写手来说，写广告文案不是个舒适区，但写久了，得心应手，便也成了一个舒适区。对从来没拍过电影的导演来说，拍电影是压力和挑战，但拍得多了，便不再有什么压力，久而久之，也成了舒适区。

不愿意扩张自己的舒适区，那么随着环境的改变，舒适区只会越来越窄，最终你就像待在围城中，不敢出去，又不甘心待在里面。这时，舒适区也渐渐没有那么舒适了。

一个远房表哥大学毕业后赋闲在家。最初父母觉得这也没什么，家里多个人也不过就是多双筷子的事情，休息一下再找工作也无妨。谁知他一待就是一年、两年……五年，其间也出去工作过，但每次都是不到一个月就打道回府。

问他为什么。

他说太累，太难，人际关系太复杂，想要换个更满意的。

然而换来换去，不仅没找到更满意的，人还越来越懒，越来越不愿意走出家门。

他的妈妈没办法，把他赶了出去，切断了他的生活来源，心想这下子他应该去工作了吧。谁知道，他住到了乡下的奶奶家，靠着奶奶一点微薄的退休工资过日子。他常常在朋友圈里感叹迷茫，但就是不愿意放弃衣来伸手、饭来张口的生活，不愿意放弃不需要早起的日子。

他感到愉快吗？尽管比起出去工作，家庭更适合做他的舒适区，但是在这个舒适区里，他根本无法自食其力，根本得不到尊严和成就感。一旦出现变故，他也无法担负起一个成年人应该担负的责任。

他被"走出去"的恐惧困扰，裹足不前，这时候这样的舒适区已经不仅仅是限制了他的发展，而是成了他的桎梏。

人有时候是要逼着自己做一些事情的,总是怎么舒服怎么来,迟早会陷入停滞不前的状态中。

据说当产假长达一年以上的时候,大多数妈妈都不会返回工作岗位,因为她们已经习惯了待在家中,害怕职场的种种限制和规则。

据说,在效益不好的工厂里,只要不主动裁员,大多数员工都不会离开,即便工厂倒闭就在眼前。

很多时候我们能够预料到危机和困境,但是我们缺乏离开困境、避开危机的勇气,宁愿抱着侥幸的心理待在虚幻的安稳里。

3

大学刚毕业的时候,舍友考到了银行去上班,第一个月就记错了账,赔了四万块钱。她四处打电话借钱,哭得梨花带雨。虽然后来这笔钱找了回来,但她有了辞职的念头。银行工作繁重、业务不熟、压力大,她每天下班回家都把自己关在房间里流泪。她妈妈心软了,让她辞职去考研,或者干脆在家休息一阵子,但她爸爸不同意,逼着她去上班。她从小做惯了乖乖女,不敢反抗,就咬着牙坚持了一个月、两个月、三个月……半年过去了,不适的感觉消失了,她不再想着要辞职,还交到了几个很好的工作上的朋友。

在走入社会时,你会听见很多人对你讲:应该找一份适合自己的工作,要有辞职的勇气。这话本身没有错,但刚从学校出来,过惯了安逸的日子,一下子投入到工作岗位上,不管是什么样的工作，你都可能会怀疑自己的能力，很可能会不适应，这时候不要贸然做辞职的决定，哪怕你真的很厌恶这份工作。

因为我们有时喜欢做一件事的原因仅仅是因为我们擅长，不喜欢也同样是因为不擅长。给自己一些时间——三个月或半年——如果那时你还没喜欢上这份工作，还没得心应手，再想着去找另一份工作也不迟。

一旦你拒绝挑战，拒绝扩张自己的舒适区，那么你就会畏缩在原来的舒适区里，失去了前进的动力。

要相信人有很强的弹性和可塑性。还是那句话，不要总待在舒适区里，而是要让原本不舒适的地方成为你的舒适区。

为什么你这么忙，却没有成就感

1

什么样的人最容易得抑郁症？

一个为了一日三餐而奔忙的农夫是不容易得抑郁症的，一个在工地上辛勤劳作的建筑工人也不容易得抑郁症，因为家人的需要，他们的每一次劳动、挣的每一分钱都被赋予了意义。而在都市中生活的白领却特别容易得抑郁症。他们在办公室里吹着空调，薪水足以温饱，他们会思考："我为什么要做这份工作？这份工作给我带来了什么？"

很多人以为抑郁症的高发始于这些思考，其实不是，思考不会导致抑郁，思考的结果才会导致抑郁，当你发现你所做的一切都没有什么真实的意义，并且不能给你带来成就感的时候，你的心情就会变坏。

退休在家的老人，孩子外出求学的家庭主妇，都最容易陷入到这样的境况中。

然而，我想说的不是他们，我想说的是拥有工作，每天都忙忙碌碌的，却依旧找不到工作的意义和成就感的"我们"。

2

一份怎么样的工作才能给人带来成就感？是要有宏伟的目标还是丰厚的报酬？

据说，流水线上的工人最容易厌恶自己的工作，不是因为工作辛苦或者薪水少，而是因为过分细化的流程让他们很难"明白"自己在做什么。同样是生产鞋子，同样是日复一日地做相同的事情，手工做鞋的匠人和流水线上的工人的感受却全然不同。

匠人有完成作品时的成就感，流水线上的工人却没有。

为了改善这一状况，研究者们把流水线上的工人分成不同的小组，工人们在小组中可以协商彼此负责的项目，以小组为单位完成生产任务。虽然每个人仍然只负责一个步骤，但是交流让他们能够参与到整个生产流程中，也让他们明白了自己在做什么。钉钉子的工人不再只是钉钉子，而是在完成一双鞋子的重要部分；缝鞋面的工人也不再只是缝鞋面，它成了整个环节不可或缺的步骤。

生产过程中的交流并没有降低生产效率，反而使生产效率得到了极大的提高，而且次品率大大降低，工人们对自己所做的工作的满意度也提高了。

这个实验并没有改变工人的报酬和工作强度，唯一改变的是他们对工作的感受。当他们觉得自己正在完成一件作品的时候，单调的重复就变得有意义了——当目睹成品诞生的时候，成就感也油然而生。

人是最需要存在感的生物。流水线上的工人是这样，公司的白领也是这样。一份具体的工作被细化到不同的部门，又被细化到每个人。忙忙碌碌中，我们很难体会到自己工作的价值——每天给客户打电话，在电脑前做一个又一个的PPT……到底是为了什么？

网上流传着这样一段话："办公室的白领们自以为自己的表现优于父母，其实不过是因为经济结构转型造成的误会而已。现在在公司的格子间里哼哧哼哧做幻灯片的那些人，和当年踩着缝纫机的女工其实没有本质上的区别。"

虽然这话说得有些绝对，毕竟二者所受的教育和需要的操作技能都是不同的，但他们对工作的感受可能真的没有什么本质上的区别。

缝纫女工分工协作，办公室白领亦然，而且与缝纫女工相比，大多数白领的劳动成果是抽象的，他们其实更容易怀疑自己所做的事情的意义。

3

忙忙碌碌却没有成就感的原因其实就在于我们的工作，所以选择一份合适的工作至关重要。

常听到后辈问："简姐，我毕业后找一份什么样的工作比较好？"

我通常会建议找一份自己感兴趣的工作。如果没有感兴趣的工作，就找有升职空间的；如果没有升职空间，那么就找需要技术含量的；如果三者都没有办法满足，再考虑薪水。

之所以把薪水放在最后，是因为我们总有一个误区，以为薪水能体现自己的价值，但其实不是——高薪能够补偿我们对工作的不满，能够让我们不再对这份无法带来太多成就感的工作耿耿于怀，但它不能使我们爱上这份工作，甚至都不能使我们不讨厌这份工作。

我认识很多拿着高薪却每天睁开眼睛时想到的第一件事就是辞职的人，也认识很多在公益组织上班，薪水不高，却感到很愉快的人。前者总是用一些哲学问题问自己：我在做什么？我将要去往何处？我所做的一切是为了什么？而后者却在切实的工作中体会到了自己的价值。他们为了帮助一个孩子、一个老人、一个身陷糟糕环境中的女子而"奋战"，他们有拿高薪的机会，或者曾经有过高薪的工作，但他们都放弃了。

可能没钱的时候，能用钱买来快乐，但有钱的时候，更多的钱却不能带来更多的快乐了。

在满足了基本的生活需要后，我们就会开始追求爱、追求尊严、追求自我实现……而这些都不仅仅是一份高薪的工作能够满足的。这份工作还需要能让我们对它产生兴趣，至少可以让我们产生一些憧憬，比如升职。

越是底层的员工，做的工作就越琐碎；越是高层的员工，做的工作就越有全局性。老板决定做新的项目分到你手中时可能就只是搜集无聊的数据而已。你虽然很难在这种搜集数据的工作中得到成就感，但你可以在对升职的期望中得到成就感。

当一切都有盼头的时候，眼下的困难也就容易承受了。何况，为了实现目标而努力，本身就是一件很有意义的事情。

即便没有升职空间，能依赖技术也是好的。技术让你和老板的关系更像是合作伙伴，所以也更加平等。虽然它未必能给你带来成就感，但它一定能让你觉得有尊严。

4

就像那个著名的心灵鸡汤：富翁在海边垂钓，建议也在海边垂钓的渔翁好好努力，多挣些钱，这样就可以像自己一样享受这种悠闲的垂钓生活了；而渔翁却表示，就算没有好好努力，自己也一样在海边垂钓，过得和富翁并没有什么不同。富翁一时哑然，觉得渔翁说得好像有道理。

但实际上呢？富翁还可以收起钓竿去打高尔夫球，去滑雪，去登山，而渔翁永远只能坐在海边为了一日三餐垂钓。

故事里的富翁是有选择的，而渔翁却没有。

在职场里忙忙碌碌却得不到成就感，原因可能就是过分琐碎的工作一眼就能望到头，你没有太多晋升的机会，没有太多改变的可能，也没有太多的选择——而这一切都是我们努力的理由。

你何必让自己活成群众演员

1

以前在公司上班的时候,公司里有个特别乖巧的女孩。她见谁说话都细声细语的,每天早早来晚晚走,帮部门经理打印文件,帮保洁阿姨清理茶具。要是有人特别提起她,我敢肯定,大家都会说她是个很不错的姑娘。但奇怪的是,从来没有人特别提起过她,不管是公司聚餐的时候,员工一起外出活动的时候,还是集体拜访客户的时候,她总是最容易被遗忘的那一个。等到大家把事都做完了,回到公司看见她,才会猛然想起:"诶,刚才怎么没有叫她呢?"她也不恼,只是尴尬地笑一笑,就迅速跑开了,好像做错了的人是她。

有一天下班,我走出公司时发现自己忘拿钱包了,于是折返回去,却看见她躲在厕所里偷偷地哭泣。

她肩膀一抖一抖的,哭得涕泪齐下。

那一刻,她的声音、她的动作、她的姿势让她看起来比任何时候都更真实、更鲜活。

我上前问她怎么了。

她说:"我觉得你们好像都看不见我,总是忽略我。"

不知道是不是觉得自己失态了,她说完不等我回答,就擦了擦眼泪,尴尬地跑开了。

在回去的路上,我一直在想:为什么她这么美丽乖巧,却这么容易让人忽略呢?

格外关注了她一段时间后,我发现了一个奇怪的现象:她站在打印机前的时候就像是一台打印机,她坐在电脑前的时候就像是一台电脑……她仿佛有隐身能力,随时能够和墙壁、沙发或任何一个背景融为一体。

2

小时候看过一个美剧。剧中的心理咨询师因为忘了出诊时间而让病人等了半个小时。心理咨询师赶到医院时,病人还没有走,见到她来,那个病人也没有抱怨,就像什么都没有发生一样。像往常那样,那个病人坐在她的斜对面,开始和她说自己的丈夫、朋友。她说丈夫很忙,说朋友的生活很精彩……说到一半时,心理咨询师终于忍不住打断了她。

心理咨询师问她:"你对我的迟到感到生气吗?"

她回答:"我知道你不是故意的。"

这是一个特别善解人意的标准答案,也因为太过标准,所以难以在人心中留下什么涟漪。

心理咨询师告诉她已经知道她的问题所在了:其他来咨询的人

提到自己被家人、朋友忽略时会愤怒、悲伤,但她总是能找到谅解的理由——一个没为自己发出过声音的人又怎么能被听见呢?

咨询师看着她,说道:"你在掩藏自己的感情,还是你原本就没有感情?"

那个病人愣了片刻后开始讲述自己的人生。她一直觉得自己是个麻烦。她是个私生子,从未见过自己的父亲,而母亲为了养育她疲于奔命。她们不得不借住在亲戚家中。她被要求不要给她们已经很困难的生活再增添麻烦。于是,她试图讨好每一个人——她默默地做家务,她从不提要求——她的确做到了不让任何人讨厌她。

一个没有诉求、没有个性的人怎么会被讨厌呢?可是讨厌与喜欢总是相对的,没有任何一个人讨厌,也就意味着没有任何一个人喜欢。

当你试图迎合所有人时,就等于你在自己的周围筑起了围墙,同时阻止了所有人的靠近,你的模样会越来越不清晰,越来越不真实,最终只能和那道围墙融为一体。

3

我终于明白公司里的那个小姑娘为什么会被人忽略了。

就像上述美剧里的那个病人一样,她从来没为自己发出过声音,从来没提出过自己的诉求,所以尽管她每天都出现在大家眼前,但是没有人真正注意到她。

就像影视作品里有主角,有配角,有好人,有坏人,他们让人印象深刻的原因其实不是他们出场的次数和时间,而是他们是否向观众表达了自己。

有个叫项汉的演员几乎在《西游记》的每一集里都会出现，他扮演了各种妖魔鬼怪，但记住他的人没有几个。女儿国的国王出场不过一集，却让所有人都知道她喜欢唐僧。

群演颠来倒去换角色，终究还是群演。他们不会多说一句话，也不会少说一句话。他们存在的意义和道具没有太大差别。

没有人会爱上道具，也没有人会爱上一个没有特质的个体。

我们之所以在别人眼中是独特的，正是因为我们有着不同的诉求。而那些在现实生活中总是容易被忽略的人则像那个影片中的病人一样，无喜无怒，从来没有诉求。那样的人被模糊成了类似于群演的存在——他可能是一个医生、护士、运动员、老师，唯独不是他自己。

人生不过短短数十年，有什么不能大声说出来的？

接纳自己，承认自己，当你收获一个敌人的时候，你很可能也会得到一个朋友。

有什么事，直接说就可以了

1

在编剧的工作群里和人聊剧本时，有个新人加入，一上来就发了个拱手抱拳的表情向大家问好，说要和大家交个朋友。群主问他是职业编剧还是导演，他说都不是，就想和大家交个朋友。群主又问他是不是对这行感兴趣，他说觉得做导演和编剧很厉害，特别想和做导演或者编剧的人交个朋友，话刚说完，群主就把他"踢"了出去。

毕竟这是个职业交流群，又不是交友群。

没想到过了半个小时，那哥们儿竟然找我私聊，抱怨自己被"踢"，并表示自己是真心想和大家交个朋友的。

我不知道他之前已经和多少人私聊过，但知道他一定没少吃闭门羹。他对我百般讨好，我不忍拒绝，就说了几句客套话，同他攀谈起来，这才知道这家伙是个武打演员。

"所以，你加入群是希望获得编剧或导演的推荐吗？"

"没有没有。"他赶紧矢口否认，"我不是那种目的性很强的人，我就是希望能和你们交个朋友。"

"哦。"

没工夫再聊，开始码字。他却没完没了地找话题，非要把"朋友"这个称呼坐实。明眼人都看得出来，他当然不是想交朋友，他是想得到机会，但是又不好意思直接开口麻烦别人，所以扯着交朋友的幌子，想着有些感情之后才好办事。

然而，朋友是建立在志同道合的基础之上的，不是举着个牌子聊几句姓甚名谁、家在何方就能成为朋友的。何况，想得到这样的机会哪里需要绕这些弯子，发一发自己的简历、作品，没事常在群里冒个泡，有需要的时候自然会有人想到他。何必用这种绕弯子的方式惹得人人生厌呢？

听他说了一下午的废话，我也受不了了，最终把他给拉黑了。像这样不好意思麻烦别人的"客气人"，往往是最麻烦的人。

2

去参加亲戚的婚礼，回来的路上顺带着帮他载一个人，原本是顺路的事，可那家伙却推三阻四。

"不用啦，不用啦，让你载怎么好意思，我自己打车就好。"

换作平时，我肯定就走了，但一堆亲友在旁边帮着劝他："有什么不好意思的。你客气啥，上车吧，反正顺路……"

我只好也客气起来，只是上车这个过程就拉扯了好几分钟。总算坐到车上了，问他具体住哪儿，他却愣是不说："前面路口你放我下来就行。太麻烦你了，就前面的路口就行。"

车子还没开出去两百米,他说了三次"在前面停车"。我不知道到底该往左转,还是往右转。因为他不肯指路,所以我绕了好多弯路,还得陪他说那些拉拉扯扯的废话。总算把他送到家,又非让我去他家坐坐,喝点茶。

原本十几分钟能够搞定的事情,花了半个多小时。

看起来他好像是个不愿意麻烦别人的人,可实际上却比谁都麻烦。痛痛快快地上车,不就好了?后来再遇见这种"客气人",我都退避三舍。

你不知道他说"不用"的时候到底是真不用,还是假不用,简单的事情都被他们搞复杂了。现代社会,每个人的时间都那么宝贵,搞那么复杂做什么?

3

大多数的客气都是没有必要的。

随着年龄的增长,我越来越喜欢那种有事就说的简单直接。

久未联系的朋友需要帮忙,电话里明说就行,能帮就帮,不能帮就一口回绝了,东拉西扯一大堆,还要回忆过去的感情,问问现状,浪费别人的时间不说,也浪费自己的时间。感情联络不是这种临时抱佛脚就有用的,再加上目的不纯,嘘寒问暖更显得特别假。

工作中的新人也是,希望让我帮助介绍人脉或是推荐作品,在我能力范围之内的,对我来说就是举手之劳,没必要先说看了我多少本书，想和我做朋友，末了千呼万唤始出来地道一句想请我帮忙——前面的话也显得不是真心的了。

网上有人问了这样一个问题：看见路上有一个姑娘在吃糖葫芦，特别想问在哪买的，怎么问才能看起来不像是在搭讪。

最佳答案是：上前夸姑娘漂亮，说想和姑娘交个朋友，交谈中时不时地打量一下她手里的糖葫芦，末了问问，你这糖葫芦是哪买的，我也想吃。人家绝不会觉得你是在搭讪。

攀感情是一件技术活，需要自然而然地水到渠成。如果做得不好，就不如不做。但很多人本来没有那样的技术，却非得在开口提之前提感情，结果只是把原本浓的感情说淡了，原本有的感情说没了。

说真的，真想攀感情，只是嘴上说说有什么用？追姑娘还要送玫瑰花、送小礼物呢。

4

这世上的大多数东西都是交换来的——用感情换感情，用金钱换金钱，用感情换金钱，用金钱换感情。其中第一种是最难，也是最可贵的。

你要看起来像真心实意的，你的感情要有价值；要能够有福同享，也要能够患难见真情；要懂得雪中送炭，也要擅长锦上添花。如果这份感情的背后还夹杂着功利，那么用感情换感情就更难了。因为你的付出是需要回报的，没有共赴过苦难，又怎么能分享甘甜？

所以，平时不要瞎客气，遇到事情需要帮助也不要东拉西扯，大不了就是被拒绝了——也不能让你少一块肉。有话直说就好，既节省别人的时间，也节省自己的时间。

是你允许他这样对待你的

1

前阵子我养了一只小狗,我训练它在指定的狗厕所里大小便。它刚学会的时候特别乖,每天都把尿尿便便屙在正确的地方,可时间一长,有时候就会犯规。

一开始它屙在便盆附近时,我就默默地收拾了,心想:毕竟还是小狗,三五岁的孩子还尿裤子呢,等长大了就好了。但是慢慢的,它越屙越远,很快除了窝附近没有,整个家都成了它的战场。

为什么会这样?我打电话向养狗经验丰富的朋友请教。

好友听完了我的叙述,说道:"还不是你让它这样做的。"

"怎么会是我让它这样做的呢?"我说。

"因为你没有明确你的态度啊。他犯规的时候你做了什么?"

"我……"

朋友说,狗狗在和人相处的过程中会用自己的行动去试探界限所在,看看这样做行不行,那样做行不行。如果一个人从来不说不行,那么他就会得到一只"得寸进尺"的坏狗狗。这也是为什么有些狗狗刚被领进家的时候很乖,可时间一长就变成了小恶魔。

在好友的指导下,我重新给狗狗明确了规则,赏罚分明,还买了祛味剂,喷洒在它不该留下排泄物味道的地方。几次之后,狗狗果然再也没有乱尿过。

先生笑说:"狗这东西,真有意思,和人相处还懂得试探,专门欺负老好人!"

我说:"人与人相处又何尝不是呢?"

2

坐的士去雍和宫玩,车上的广播正在播放一档情感节目。一个女子打进电话求助,说自己结婚十年了,丈夫频频出轨,被发现不下十次了,更遑论那些露水情缘。

主持人问她:"你有没有想过离婚呢?"

女人说没想过,不希望好端端的家散了,所以每次发现丈夫出轨,她就收拾东西回娘家,等着丈夫认错再接她回去。刚开始丈夫还有所收敛,可最近几年愈演愈烈。

"为什么我的命这么不好,摊上了这么个没有良心的男人?"女人在电话里哭诉感叹。

主持人沉默了片刻,说道:"也许是因为他犯错的成本太低了吧。"

这世上没有什么天生的圣人,也没有什么天生的恶人,人与人交往的过程其实就是一个相互试探底线的过程:我这样对你,你会有什么样的反应呢?我这样做可以吗?假如我侵犯了你,我会付出多大代价?

没有明确的态度,无原则地退让和原谅,只会使自己陷入"遇人不淑"的怪圈子里。

这个女人正是如此。倘若婚姻伊始她就表明了自己的态度,在第一次发现丈夫出轨时就不留商量的余地,又怎么会面对一而再再而三的有恃无恐呢?

别人对你做的一切事情,大多数时候都是你允许的。如果你的左脸被甩了一记耳光,你没有发怒,没有反抗,你的右脸必然也会迎来一记耳光。

3

刚进入职场那会儿,公司里有个同我一起来的新人,勤恳,老实,因为急于被接纳,所以谁有事让他帮忙——小到泡咖啡、擦地板,大到帮人出差、接待客户——他都答应。他的确很快就被大家接纳了,请客吃饭,谁都愿意喊上他,都觉得他是个好人——脾气好、性格好。然而,后来找他帮忙的人越来越多,他的生活被大大小小的别人的事占据着,简直喘不过气。有一次,一个需要周末加班的同事要回老家,就让他去帮忙做,他恰好发烧在医院治疗,就拒绝了同事。谁也没有义务帮另一个人加班,对不对?可那位同事却生气了,整整一个星期都不和他说话。他几次想要和解,都被拒绝了,只好郁闷地在朋友圈里抱怨说现在的人不知道感恩,得寸进尺。

我私下里找那个同事问过:"他不过是拒绝替你加班,为什么你反应这么大？"

那个同事振振有词："他能大半夜替其他同事去机场接人，国庆放假替人加班，周六周日义务接待客户，为什么就在我有求于他的时候拒绝了我？他是不是对我有意见？"

"呃……"

听起来好像也句句在理。

可那位老好人同事又怎么能想得到这一茬呢？

人和人之间是需要一点界限的。同事之间要有界限，朋友之间要有界限，亲戚之间也要有界限。

这个界限能帮助我们保护好自己，不至于无端被打扰，也不至于无端被责怪。不要把没有界限视作善良和宽容，待到被现实狠狠打击后再换上无辜的脸，问"为什么世间险恶，受伤的总是我？为什么人善被人欺？"

你那不是善良，只是过度迎合。

4

我先生是个脾气特别好的人。他在公司做部门经理那会儿却总是忍不住对手下的一个员工发火。

别人出了差错，他点到为止；那个员工出了差错，他就会大声训斥。

这一度让他觉得自己是个充满偏见、难以控制情绪的人。

他反思过很多次：明明是同样的差错，为什么对他就有不同的态度呢？他也按时上下班，干活也没偷懒。

我也找不出原因，直到有机会见到这个人才明白，怒火的根源不在我先生，而在于他本人。

他实在是太喜欢讨好人了：你上下车，他给你开车门；你进餐厅入座，他帮你摆椅子。他甚至都没有挺直过身体，时刻挂着有些过分的笑容，让人感到谄媚，甚至下贱。

如果一个人把自己的位置放到这么低，你又怎么可能尊重他呢？别人对待你的态度其实和你对待自己的态度息息相关。没有人会无缘无故地冒犯另一个人，除非他觉得自己可以这样做。是谁允许他这样做呢？大多时候都是被冒犯的人自己。

职业没有高低贵贱，人没有三六九等，铮铮铁骨的贫民比奴颜婢膝的贵族更让人钦佩。职业、金钱都不是一个人不被尊重、受人欺负的理由，一个人不被尊重、受人欺负只是因为他允许别人这样做。

我们的问题在于要么太懒,要么太急

1

点点是我的小外甥女,在上小学之前是人人称颂的神童,认得两千个汉字,会背唐诗三百首,两位数以内的加减法算得极溜。每次有客人去她家,她妈妈都要让她出来表演一番,大家都对她赞不绝口。别的孩子还在撒尿和泥的时候,她已经把小学教材学了一半了;别的孩子连数都不会写的时候,她已经开始学方程式了。

平时不管是工作日还是节假日,她都忙着上各种早教班、提高班——表嫂把她的时间塞得满满当当的,说是不能让她输在起跑线上。这种培养天才的方式让她在刚入学的前几年着实风光了一把。然而随着课业的加重和年纪的增长,这种优势越来越小:认得两三千个汉字很快就不足为奇了,只要肯花时间,每个孩子都能认得那么多字;会方程式和算两位数的加减法更是成了基本功。

点点初中毕业时已经泯然众人矣。那些童年时代疯玩的孩子和她之间已经没有什么差距了,提早学的那些知识也没有什么额外的用途。表嫂愤愤不平,说学校教育毁了点点这样的天才。

可点点真的是天才吗？

早教专家说了，只要方法得当，肯下功夫，教一个幼童认识两千个汉字、学习两位数的算术并没有什么困难。

点点并不是天才，她只是在早教的旗帜下提早学习了原本在更大的年龄能够轻松掌握的知识罢了。

我童年记事早，所以对知识的内化过程记忆深刻。记得上幼儿园大班的时候，老师教我们认时钟：时针指向几就代表几点；分针则不同，分针指向"1"代表5，指向"2"代表10，指向"3"代表15……我当时却怎么都记不住。

每次老师出题来考，我都只能说出时针的含义，我不明白怎么记忆和换算那些不同的数字，后来老师没再教过这个，可几个月后的某一天我忽然明白了，5，10，15，20……那是一件特别自然而然的事。

我一直以为那是一种神奇的顿悟，后来才知道，儿童的心理发展其实不是线性的，从幼童开始，随着年龄的增长接受知识的能力也会忽然上一个台阶，几个月前完全弄不明白的概念，几个月后就弄懂了。

大多数的早教不过是通过训练把这一过程提前了而已。家长们看到了喜人的成就，便觉得孩子的智力得到了增长，但实际上没有什么真正的意义，一两年后就能轻轻松松掌握的知识，何必现在就花上数周甚至数月的时间去反复练习呢？

每件事情都有其发展规律，表嫂的做法并不值得提倡。

与其花大量时间去提早学习一些未来能够轻易掌握的知识，不如还给孩子一个快乐的童年和健全的人格。

2

长时间坐着写文章，颈椎有一点吃不消。我报了个舞蹈班，每周花几个小时活动活动胳膊腿。

舞蹈班里有个同学年纪和我一般大，却进步神速，只花了两周时间就能够做"一字马"了。问她是怎么做到的，她说她每天都要开髋半个多小时。对成年人来说，开髋实在是一件很痛苦的事情，一周做几次都像要了我的命似的，何况每天半个小时呢？她的刻苦劲可见一斑。她还计划着三个月后上足尖，半年后参加汇报演出……只是好景不长，不到三个月，她就受伤了。先是走路久了腰疼，后来发展到整条腿疼，去看医生，原来是腰部神经受伤了。

老师说，成年人大腿的韧带硬，一下子狠心开髋，很可能拉开的不是韧带而是耻骨联合；耻骨联合一拉开，腰部的神经就受到压迫，老是用这样的姿势开髋，久而久之，造成了损伤，走起路来就会疼痛。

学了很久的老学员都说，那些把目标定得很高的人，一般都不能长久坚持。要么是因为达不成目标的挫败感而放弃；要么是拼命尝试高难度动作，弄伤了自己，不得不放弃。

不只是跳舞，大多数事情都是如此。每一个阶段都有最适合这个阶段的目标，既有挑战又不至于特别困难，只有循序渐进，才能顺利完成蜕变。

3

我常把这些事情分享给身边那些急于求成、充满焦虑的朋友,告诉他们没有必要对未来太忧心忡忡,因而去做超出自己能力范围的事情。

我见过太多在写作之初就拿托尔斯泰、雨果做比较,哀叹望尘莫及的人,这些人绝对不会坚持下去。

也见过许多在入职初始就张口管理、闭口改革的员工,他们也通常难以久留。只有符合现实的预期才能给人带来持久的动力。

写十万字的稿件很难,每天拼了命地写好几千字,可总是觉得距离十万字很远,这样算着字数就容易气馁,容易感到焦虑。假如不去想要写十万字这件事,而是规定自己每天写两千字、三千字,很快你就会发现,写起来很轻松,并且十万字就在眼前。

减肥、游泳、跑步也是一样的道理。一口气游四百米很累,因为游一个来回的时候你就惦记着还要游三个来回,所以不如量力而行,先游到对面,再说服自己往回游,如果体力还有存续,则再继续游。适当的压力能够让人进步得更快,但压力过大变成焦虑就适得其反了。

俗话说"一口吃不成一个胖子"。我们的问题常常在于要么太懒,要么太急。

PART FOUR · 离开沉没的船

站在一艘下沉的船上,如果不能阻止船的下沉,那么离开是唯一能做的事情。

别等到没顶，再跳船

1

朋友自驾游开夜路，在穷乡僻壤遇见了一个开宝马的哥们儿。那个人的宝马停在半路，拦下了朋友的车，说是自己钱包被偷了，手机没有电了，车子也没油了，希望朋友借他两千块钱加油，朋友想了想真就掏了两千块钱给他。

那个人要了朋友的联系方式，说是回去以后立即给朋友转账，千恩万谢一大堆，结果朋友回去后左等右等也没等到这个人转账，原来是遇见了骗子。

我把这事当作笑谈讲给一个以前的同事听。同事听完之后嗤之以鼻："这种事情不可能发生，你那个朋友骗你的！"

我以为自己没听清，这种事情有什么好骗人的？结果同事自信满满地又和我重复了一遍，并逐一分析为什么不可能发生：这世上不会有人愿意借给一个陌生人两千块钱，而朋友骗我的目的只是为了增加我对他的好感，让自己看起来像是个善良的人……

这番言论说得我十分困惑，于是我又把朋友的事情讲给了很多不同的人听。结果,其他人都相信这个事情是真的。

我不知道我的朋友是不是真的骗了我,比起弄明白这个,我更好奇的是我的同事为什么在听到这个事情的时候会有那样的想法。

一个人看见的世界是什么样的,往往她所处的世界就是什么样的。

2

我约上文说到的那个同事在一家特别适合聊天的餐馆里用餐。我俩正聊着,她的丈夫来了——不是来加入饭局,而是来要钱。

3121元——两个人平摊的日常生活开销。

据说同事本该昨天就付清,但是昨天没有付,丈夫疑心她要抵赖,干脆跑到餐厅要她当面转账。同事见我疑惑,还特地向我解释起来:"微信提现要手续费,支付宝转银行卡常有延迟,到时候谁也说不清到底转没转,又要因此吵架。"

望着同事理所当然的模样,我不禁有些瞠目结舌。

AA制婚姻我不是没见过,但是这么计较的还是头一回见。而且我记得同事结婚前并不是这样的。她为人仗义,谁有个头疼脑热或是需要用钱,她都愿意慷慨解囊,怎么如今判若两人?

想要问个明白,但同事对自己的生活懒得多说,后来在与别的朋友闲谈时我知道了个大概。

三年前,这个同事因为母亲去世深受打击,她的丈夫就是在那个时候出现的。他陪在她的身旁,温言软语,大献殷勤,哄得她深信遇见了真爱。两个人很快就结婚了,她还把母亲留下来的两套房子都加上了他的名字。结果，婚后这个男人的本性就暴露了，殷勤没有了，为点鸡毛蒜皮的小事也会纠缠不休，连买个牙膏都要一人拿一半的钱。同事想要离婚，又发现自己怀孕了，纠结来纠结去，孩子就生下来了。

最初不肯离婚是没有勇气，后来则是因为离婚还要平白无故分出去一套房子，于是这段婚姻就这么维持了下来。

随其心净，则佛土净。待在充满算计的环境里，她也变得充满了算计，甚至用划算不划算来衡量一段感情。

3

"如果不按你想的去生活，你迟早会按你生活的去想。"第一次在某本书上看到这句话时并不太明白其中的含义，后来经历的事情多了，才懂得这句话的意思是：如果不能按照你的想法脱离或者改变现在令你不满意的环境，那么终有一天你的想法会因为这种环境而改变。

那些在找工作的时候口口声声说把眼下混饭吃的职业当暂时过渡的人，有几个后来真正脱离了那样的环境？不仅没有，他们的一言一行、一举一动还都深深地打上了职业的烙印。那些刚刚大学毕业、意气风发的学子，胸中抱负多半都是相似的，只是数十载过去后，经历了不同的生活、不同的境遇，所思所想才变得千差万别。

去参加父辈的同学聚会，感触更深。毕业于同一所高中，在那个贫富差距还不太大的年代，他们都有着差不多的起点。如今三十多年过去了，他们每个人的生活都千差万别：有的早早下海经商，生活富足；有的孜孜不倦地苦读，成了学者；有的出国打拼，早已闯出另一番天地；还有的怀揣着下海经商的梦、成为学者的梦、出国打拼的梦，却始终停驻在毕业后分配的工厂里，随着国企改革成为第一批下岗工人，人到中年，又无一技之长，茫然地过着日子。在饭桌上，他们有的谈政治经济；有的谈新鲜资讯；有的谈哪家新开的工厂在招工，哪家银行需要保安时对年龄没有限制。在同一个饭桌上，这样的对比简直是现实到残酷。那天回家以后，从来不鸡血的我也鸡血了起来。

我对丈夫说："你知道吗，我们真的得好好努力去过自己想要的生活，否则若干年后，生活就会吞没我们，把我们变成害怕变成的样子！"

站在一艘下沉的船上，如果不能阻止船的下沉，那么离开就是唯一能做的事情。

在无休无止的消磨中，你会一点一点失去你原本应该有的东西，一点一点被生活吞噬，像那个从前慷慨的女同事，像那些满腔豪情却没能施展就垂垂老去的少年。

别让功利心毁了你的热爱

1

一个同行转行了,宣布就此搁笔,再不写作。我问她是怎么想的,她说这几年她尝试了所有能红起来的写作方法,结果还是红不了,写作这行挺残酷的,红不了就挣不到什么大钱,所以才想着及时止损,换一个方向。

她问我有什么打算,这几年一直半温不冷的。

我回答说继续写。

她显得很惊讶。

她问道:"你觉得你能红吗?"

我摇摇头说:"不知道。"

钱不嫌多,能红固然好,但我写作是因为热爱写作,写作本身就是我的目的,能以此为业养活自己已经很开心了,又怎么会把红不红当作衡量标准呢?

我随口敷衍了几句,她却还劝我红不了就要及时收手。

她现在做艺人经纪人,据说虽然辛苦,但是能够一荣俱荣!

"写不动的时候记得来找我啊。"她说道。

我答应着。

算算现在有半年没联系了,也不知道她现在过得怎么样,手里的艺人红了没有。

2

两年前,我在豆瓣上开过一个教人写作的专栏,人气还挺旺。许多读者向我询问,怎么才能用写作挣到钱?

我通常会反问他们一个问题:为什么想从事写作这个职业?

我得到的大多数回答都和写作本身无关。比如,我从小就想当一个作家;这个职业可以自由地安排时间;你平时的生活是不是特别惬意?种花养鱼,带着笔记本四处旅行,我也想这样;写作有前景,能名利双收。

每个人的憧憬和理由都不同。但如果成不了作家,一辈子都只是个小写手,或是发现一天要工作十几个小时,根本没有自由安排时间这种事,一辈子也出不了名,那么还写吗?

写作是一个辛苦的差使,付出和回报未必能成正比,成长期也非常长。想要创作出好的作品,除了写作技巧,还需要你有足够的阅历,倘若不热爱,是坚持不了太久的。

恰当的功利心也许能督促你奋斗,但功利本身不应该是目的。把功利当成目的,只会毁了这份热爱。

从事写作的人很多,成名的却凤毛麟角。你只看到了那些站在金字塔顶端的佼佼者,却忽视了自己更有可能站在底端。如果一直处于底端该怎么办？你究竟是喜欢这个职业，还是只是喜欢站在金字塔顶端的感觉？

就像演员和明星的区别。演员是一个职业，但明星不是一个职业。作为演员，你可能演了一辈子，除了圈内的人根本没有人认识你。而作为明星，你可能一辈子也没拍过几部戏，却是家喻户晓。

2

上小学时有一位特立独行的音乐老师，她上课很有意思，会给我们弹课本上没有的曲子，教我们唱课本上没有的歌。有一天，她要我们挨个回答自己将来想做什么。对于从小就被要求有远大志向的我们来说，这个问题的答案简直信手拈来：有回答想当科学家的，有回答想当医生的，有回答想当国家主席的，也有回答想当作家、画家的。然后老师说，我从前也想当个钢琴家，但我现在是个音乐老师。

大家不知道她葫芦里卖的是什么药。她停顿了片刻，说道："你们的答案都不够好。"

为什么不够好？我们说的这些难道不是很宏伟的志向吗？

老师说："对，问题就在于太宏伟了。万一你们并没有成为什么'家'，只是个普通的科研工作者、普通的医生，又或者只是个普通的画手、写手，那该怎么办？你们究竟是想从事这份工作，还是想要成为什么'家'？"

我第一次听到有人告诉我们这样的话。

从小受到大人的鼓励，觉得职业总得是个什么"家"才能说得出口,却从未思考过这种想法可能会成为一个问题,甚至于一个阻碍。

一定要成为一个什么"家",人生才算是成功的吗?

越是年纪小,就越不能接受平凡。年纪越长,越觉得如果真的热爱,就会忘记你要成为一个什么"家"这样的事情。很多时候,投入本身就让你快乐,过重的功利心反而会让你患得患失,失去快乐。

每个人的天分不同、运气不同、机遇不同,爬上金字塔的顶端不是容易的事情,不管在哪一个行业中都是这样。如果不是因为热爱,在一次又一次的挫折中,在看不见光环的时候,你终将放弃。

3

总想着名利而不是作品本身是不会快乐的。认识一个画画的姑娘,她在小有名气之前过得特别落魄,外卖她只敢点素菜,有时候穷到连颜料和画布都需要朋友接济。大家劝她转行,她说:"你以为我不想吗?可是每次一拿起画笔就停不下来了,那种陶醉在画里的感觉特别特别棒。"

我能理解她说的那种感觉——全身心都融入到了所做的事情当中,忘记了时间流逝——我写作的时候也时常会有这样的感觉。

毕业四年后,她的同学都一个一个转行了,或者做起了绘画周边产业,只有她还在锲而不舍地画着、潦倒着。不知是不是潦倒到头了,竟然出现了转机,她有一次在参加绘画表演的时候技压群芳,网络上开始流传她的视频。于是,她慢慢地开始有了一些名气——有人采访她，有人找她去做绘画表演、开培训班，她的活儿自然也越来越多。现在，她有一个助理，还在画室里养了十二只猫。

有一次我问她："假如你还是像从前那么潦倒，你会后悔坚持画画吗？"

她说："不后悔，毕竟当年也没觉得自己能过上有钱的生活啊。要是放得下画画，早就转行了，问题不就在于放不下吗？"

我相信她所说的是真心话。即便仍旧一穷二白，她也不后悔，因为至少在拿起画笔的时候她是快乐的，不为了成为什么"家"而画，她只为了画而画。

既然如此，又怎么会后悔呢？

大多数坚持下去的人恐怕远没有她的能力和运气，也正是因为如此，那些带着名利目的行事的人，梦想破灭的时候该有多心碎呢？

我应该去从事某某行业吗？我应该去做某某事吗？

每当听见有人这么问的时候，我总会说："如果很热爱，就去做吧。但如果只是想在这件事上赚取一些利益，还是三思而后行为好。"

功利心本身不是坏事，但如果功利是目的的话，你未必能达成所愿，而且在整个过程中你一定会患得患失，也不会感到快乐。

生活中还要学会及时止损

1

看过一个异常荒唐的新闻,一个农妇在干活儿的时候不小心将农药洒进了装面粉的袋子里,农妇觉得这么大袋面粉扔了怪可惜的,就将最上面的面粉倒出一点,剩下的留着继续使用。她用这些面粉为家人做了一顿馒头,吃完之后全家人都住进了医院,丈夫和儿子因为吃得太多,抢救无效,离开人世。痊愈后,她带着女儿和年迈的婆婆回家,面粉还有一大半,她总结经验教训,觉得做馒头用的面粉太多了,所以才吃出了问题,做包子能好些,于是又做了顿包子,不料吃完后,全家人再次住进了医院。鬼门关上走了两遭,农妇这回不敢再用那袋面粉做饭了,然而前前后后花了那么多钱,更不能浪费了,便想着把那袋面粉拿来喂猪。她精心熬制了一桶猪食,猪吃完后也死了。因为不想浪费面粉,她搭进去了一家两条人命以及价值不菲的牲口,实在是令人唏嘘感叹。

大部分人看完这个故事后都觉得农妇愚昧,不知道及时止损,因小失大,但在现实生活中,这样的人其实并不少见。我们之所以在这件事上能够理智地做判断，是因为面粉对我们而言实在是不值得一提的损失，倘若将面粉换成别的，本质上恐怕也不会有什么不同。

不会止损是一个大多数人都会犯的错误。

2

在证券公司上班那会儿恰逢股市低迷，在公司后台系统可以看见大部分客户的资金走向，百分之三十的亏损是一个平均数，亏得太多就舍不得割肉了。随着股市进一步走低，有些客户的资金甚至缩水了三分之二，那时即便想割肉也已经没有必要了——行业里把这叫作"套牢"。

其实，如果一个人能够保持理性的话，那么是不会存在"套牢"这样的事情的。因为一旦亏损超过一定的界限，比如百分之十或百分之十五，他就应该把资金转移出来。

从股票投资的角度来说，每隔几年就会有一波大行情，即使在低迷的时候，股票也总有涨停。所以，你得留得青山在，才不愁没柴烧。不管是什么样的交易策略，资金都是关键。

但不管和客户说多少次，拟定了多少离场指标，客户都不会听。当亏损超过百分之十的时候，他会舍不得那百分之十的资金，然后将离场指标改为百分之十五，抱着还会回升的侥幸心理继续等待，但触及到百分之十五的时候，他同样舍不得，于是一而再再而三地错过。

不能否认有时这样的侥幸心理也会应验——有些股票市值缩

水了百分之五十后竟然又在短时间内一路回升。但这样的情况特别少,少到一个理性的人稍微想一想就不会去冒这样的风险。

然而,大多数人的"理性"只是因为没有触碰到他的"感性":本金三十万的人会嘲笑本金三万的人舍不得割肉三千块钱,结果亏得更多;本金三百万的人也会教导本金三十万的人,亏三万要及时离场,不要非杠在那里,结果被套牢。

这些人与毒死丈夫、孩子的愚昧农妇没有本质上的区别。一袋面粉的价值,对农妇来说和对我们来说是不一样的;对本金三十万的人来说,三千块钱不值一提。但只要损失是能让我们感到惋惜的,我们都很难做到止损,总是抱着侥幸心理,希望一点损失也没有。

3

支付宝前几年推出了一个功能,可以帮你做年终收支总结。我一直觉得自己是一个很节约的人,很少买昂贵的东西,护肤品都是用最基础的,化妆品则几乎不用。我们家先生也这是这样想的。然而,支付宝上的收支数据却令人惊讶,我的开销竟然比我先生多出了一倍多。

我们都怀疑支付宝是不是算错了——他负责家里所有大件和生活用品的采购,而我买的都是些小玩意儿,我怎么能比他花得多呢?

仔细看了一遍才发现,支付宝没有算错,我确实买了很多东西,因为我买的东西废置率实在太高:买面膜挑便宜的,结果买来发现是假货，只好重新买；买乳液挑便宜的，用了过敏，只好扔掉；买衣服挑便宜的，买来发现和图片严重不符合，只好弃置在衣柜里。买什么东西都爱拣便宜的，各种瓶瓶罐罐一大堆，但实际上能用的没有几个。裤子穿两天就开线了，鞋子穿几次就脱胶了，总是买了之后还得再买，结果算起来还不如一次性买个贵的更划算。

如果舍不得小钱，到时候就要花大钱。在及时止损这方面，赔钱和花钱其实都是一样的。前期不舍得投入或不舍得离开都可能给后期带来更大的麻烦，都是不会止损的表现。

4

我妈有一个朋友，特别小气，喜欢精打细算。她女儿读书成绩特别好，中考成绩高出了省重点高中录取线好几十分。然而我妈的那个朋友觉得省重点高中离家远，去那边上学得额外支出住宿费和车费，所以很犹豫。恰好他们附近的高中也在招生，并且给她提出了特别优厚的待遇——不仅三年学费全免，还发奖学金，于是她决定让女儿去那里念高中。

那是全市最烂的一所高中，大家都不能理解她的决定，但她说只要自己肯努力，再差的环境都没问题。

结果她女儿去那里读书，成绩一路往下掉，高考的时候只勉勉强强考上了一个三本。而从前成绩不如她，却去了省重点念书的闺蜜考上了211大学。俩人毕业出来找的工作天差地别，收入也不可同日而语。

女儿埋怨母亲耽误了自己的前程，母亲也十分后悔。可惜世上没有时光机,你只能为当时的选择承担后果,而这个后果对一个人的影响很可能是终身的。

"一叶障目"的事情常常发生,所以在遇到挫折、无法前行的时候要记得提醒自己:世界之大,何处不能容身?岁月之长,何惧不能东山再起?良人之多,千金散尽也会还复来。这样,你也许就不会再纠结、再计较眼前的一点点得失。心胸放宽之后,境遇反而会变好。智慧与眼界得到了提升,面对损失时也就能够波澜不惊,也就懂得克制了。

你把钱和时间都花在对的地方了吗

1

从经济学的角度来看,时间和钱都是一种成本。用时间和钱交换东西就相当于投资,收益多寡取决于你交换的东西是什么。

同样是周末双休,有些人去逛街、买衣服、看电影,有些人在家看电视、睡觉,还有人去郊外游玩、看风景……

收益能否更大,要看它们能否给你带来更好的状态和持续的发展。对编剧来说,周末刷几部最新的电影,就会在娱乐之余对行业动向有更好的把握;对模特和服装设计师而言,逛街买衣服的收益肯定比睡觉更大;而对科技公司的脑力劳动者来说,一次长时间的睡眠或许更能帮助他们恢复体力,以便更好地投入到后续的工作中去;郊外的风景能给画家、舞者灵感与美的享受,却未必对其他人有益。

每个人都是不同的,在不同的生活圈子里,有不同的生活状态。对不同的人来说,同样的事情能带来不同的收益。把时间和金钱花在那些对你而言低价值的事情上,就是一种浪费。

2

闺蜜生完孩子在家做起了全职太太。孩子长到两岁时就断奶了。她想要重返工作岗位，请保姆帮忙照看孩子，却发现以自己的资历和年龄，好的公司基本已经进不去了，要么做接打电话的助理、话务员，要么去流水线上当女工，月薪只有三千元，还没有她请的保姆挣得多。她一气之下干脆自己带起了孩子。

闲暇之余，她还和老家的奶奶学了些手工活儿，做做小鞋子、小衣服，或是在妈妈论坛里帮人答疑解惑，时不时晒晒自己的作品。也许是因为手工精湛，没过多久就有人来找她买她做的小鞋子、小衣服。那些小鞋子全是用线纳出来的，质地很柔软，没有对身体有害的胶水等化工原料，在论坛里特别受宝妈们欢迎。买的人越来越多，她干脆就开了一个淘宝店。

有了需要忙碌的事业，她又请了保姆。但时间久了发现每天埋头做各种手工活儿，不仅颈椎出了毛病、腰酸背疼的，还几乎没有陪孩子的时间了。她一度想要放弃，后来还是奶奶给她提了醒："为什么不把这些活儿派到老家农村？家庭主妇们闲暇的时候缝制一些，按件收费，不是很好吗？"

她照奶奶的话做了，一下子就清闲下来了。于是她又跑去学设计——现在店铺里放的童装、童鞋都是她亲手设计的。据说生意红火的时候一天的流水能有几万，而这一切距离她开淘宝店也不过就三年多时间。

"如果当初跑去做话务员或是流水线上的女工，三年后会是什么境况？也许还只是个话务员或流水线上的女工，也许升了一点职，但除了每个月多出的保姆钱，根本没有什么值得一提的发展。"

很多女人在孩子断奶或上了小学后想要重返工作岗位的时候急于摆脱家庭主妇的头衔、融入社会，结果却忽略了职业的发展前景，不仅收入十分有限，工作内容也是十年如一日，枯燥无味，根本不能让自己进步。这样的选择有什么意义？所以，一定要在踏入工作岗位之前先问问自己：这份工作除了报酬还能给你带来什么？

3

在经济条件有限的情况下，最好的消费其实是用来投资自己。

以前家里做生意，雇了两个销售小妹，一样的底薪，一样的福利待遇，其中一个为人活络、相貌好看，另一个有一点死板，不是特别会来事儿，但也勤快。大家都觉得为人活络、相貌好看的小妹是做生意的料，因为她嘴巴甜得不得了，总能把客人说乐。而那个有一点死板的小妹太中规中矩了，不适合做生意。果然几个月后，她们的收入就渐渐拉开差距了，那个活络的小妹每次拿到的业务提成都是另一个小妹的两倍。

后来生意不好做，家里的店铺也就关掉了，两个小妹也各奔前程。那个活络的小妹又帮人看了几年的店铺，嫁了一个混社会的有钱人，过了几年滋润的日子。但前阵子，那个有钱人犯事进了监狱，财产都被法院查封没收了。她没有什么积蓄，只能又出来帮人看店铺。一把年纪，也没有从前那么漂亮了，自然就没有从前那么吃香了。

而另一个姑娘离开后没有再去帮人看店铺。她觉得自己性格比较内向,不是做生意的料,于是读了自考本科。为了读书深造,她又搬到了省会城市。后来她考进了一家事业单位,买了房子、车子。过年回到家乡时在路上遇见她,那样貌、气质早已和过去有着天壤之别。

人的际遇常与自己的选择息息相关:漂亮活络的姑娘每次一领到薪水就买衣服、化妆品,而中规中矩的姑娘则攒起来。虽说形象上的投资也是一种投资,但人不能徒有其表啊。

每次提起这两个姑娘,老妈都觉得十分可惜,她说那个漂亮活络的姑娘不该那么早就嫁人,她应该去学做生意,积攒一点做生意的本钱,一点一点来。毕竟她有天分,学起来快。可惜她一直在给人做销售,从来没想过自己做老板。

为什么她没想过自己做老板呢?因为她的钱一到手就花光了,根本没有进货的资本,再加上后来嫁了个有钱人,过上了"买买买"的生活,就更不愿意付出辛苦了。相对于她的天分,因为她的钱和时间花错了地方,所以没能给自己带来最大的收益。

不要小看了这样的规划和投资回报,它们给人带来的影响通常是很大的。

同样是美院毕业出来的,同样分配到学校当老师,若干年后,一个在央美读研,带艺考生的收入已经是在学校当老师时的数倍;而另一个教初中生美术,根本没有什么发展前景可言。

同样是嫁入豪门,一个在家里相夫教子,每天做美容保养,对丈夫的出轨传闻睁一只眼闭一只眼；一个学做生意，从夫家弄来本钱开公司，很快就独当一面，根本不怕丈夫出轨。

在同样的时间里，上天给了条件相同的人相同的起点，但是有的人创造出了更好的生活，有的人却把原本不错的生活毁得一塌糊涂。所以，只有把时间和金钱用在对的地方，才能获得好的收益。

你过得不好也没人欠你

1

心理咨询室里来了一个特别棘手的来访者,她心情抑郁,对自己的人生近乎全面否定。助理给她介绍了一位很有经验的咨询师,她却要求免费咨询。她说自己很可怜,没有钱,没有朋友,和家人的关系也是一塌糊涂。

咨询室的确提供免费咨询,但她并不符合条件。并且做过咨询的人都知道,免费咨询的治疗效果并没有收费的好。助理说了原因,婉转地拒绝了她。没想到她非常生气。她说:"你们不是帮助人的吗?为什么见死不救?"

助理在两周一次的分享会上说了这件事,她说她不知道该怎么回答,并且感到内疚,甚至开始质疑自己的工作。既然是帮助人的,为什么还拒绝免费咨询?

在场的老师听完沉默了片刻,也分享了一个故事。

故事里的来访者是个外地学生,因为一些困扰来到了咨询室。这个学生也没有什么钱,但是整个暑假他都在附近打工。

老师说："一个普通成年人一般是能负担得起心理咨询的费用的，理所当然地要求免费咨询不过是一种受害者的心态——觉得自己过得不好，全世界都应该补偿她。"

没有钱为什么不去赚呢？心理咨询解决的是心理问题，没有办法教会一个人怎么赚钱解决她的经济问题。

2

朋友认识了一个新的朋友。这个新朋友特别可怜，总是被人欺负。和他同住了一年的舍友从不打扫卫生，房租、水电费几乎都是他垫付的；女友背着他和别人在一起了，他被蒙在鼓里大半年；在单位里，脏活儿、累活儿都是他做，好不容易熬到升职，又被一无是处的同事给顶上了；父母和亲戚也没有一个人替他着想。好像他天生就是个倒霉蛋。

朋友满是同情地向我描述那个人的情况，好像在这个世界上从来没人对得起他过，而他也从来没有对不起过任何一个人。

我忍不住感叹他可怜，又觉得不是那么回事——奇葩的舍友谁没遇见过？恋爱谈多了总会被劈腿，错过升职加薪不是职场中常有的事情吗？怎么到他嘴里就变得这么戏剧化，这么令人同情？

和朋友说少和那样的人交往比较好，指不定什么时候你也成了他口中的加害者却不自知。朋友说我想得太多了。两个月后，朋友沮丧地打电话告诉我，那个新朋友果然在背后说他坏话。

说什么？

说朋友在他病重的时候为了一点小事将他扔在半路，而没有送他去医院,他不得不冒着酷暑自己一个人去医院看病。

而实际情况是,朋友有急事,要去的地方和医院是两个方向,再三确认他没有问题之后才离开的。谁能想到他会这样耿耿于怀呢?

是啊,当一个人把自己摆在受害者的位置上的时候,他不会试图去解决问题,而是把一切都归结为别人对不起自己,并在一波又一波的同情心下心安理得地认为这个世界亏欠了自己。

3

我们常常能遇到蛮不讲理的人,他们刮坏了你的车,不仅不肯赔钱,还说你为富不仁;他们在路上摔倒了,你上前去扶,他们不说谢谢,反而抓着你,要你负责……

有时候我会感到奇怪,是什么原因让一个人能心安理得地耍无赖?后来我才明白,原因就是这种受害者的定位。这些人多半觉得自己过得不幸福,他们可能在年轻的时候吃过不少苦,比如经济拮据、没有关系亲密的人。他们对这个世界怀着恶意。他们的潜台词是:我那么不幸,你怎么就不能体谅体谅我?我那么穷,你那么有钱,我不讹你讹谁呢?

就因为有这种想法,所以你为他所做的一切都被他认为是理所当然的。稍不合意,他就又成了可怜的受害者,感叹命运对自己不公。可命运究竟是掌握在自己手上,还是掌握在别人手上?谁需要对你的命运负责?

我听过一个很有意思的观点:把"命运"两个字分开来就成

了"命"和"运"。其中,"命"是无法由自己决定和改变的,比如、出身、父母,以及父母在你小时候用什么样的方式抚养你、给予了你什么样的成长环境,还有战乱、你无法扭转的时代……而"运"是可以靠自己争取的。离开原生家庭独立后,对于你所遇见的人,你所经历的事,如果有什么不好之处,你没有理由把原因归结到不相关的人身上,而是应该问问自己,为什么做了错误的决定和选择?为什么没有及时回到正轨上?

不迁怒是一种好品质。不管你幸福不幸福,那些萍水相逢的人都不曾亏欠你,你没有理由让他们为你的痛苦买单。

4

知乎上有人分享了一个挺励志的故事。

故事里的女主人公生活在一个穷困且重男轻女的地方,十三岁辍学,十四岁出嫁,十五岁就生了孩子。孩子生下后,她发现丈夫有严重的精神疾病,每天都把她打得鼻青脸肿。她熬不住,抱着孩子逃回娘家。母亲说她是"嫁出去的人,泼出去的水",不肯收留她,所以她又被婆家来的人接了回去,就这样过着悲惨的日子。孩子六岁的时候,她跑到南方去打工,省吃俭用,用攒下的钱做起了小本生意,还自学了法律。孩子上初中的时候,她又回了家乡,凭着学到的法律起诉离婚,并得到了孩子的抚养权。如今她三十六岁,孩子二十一岁,她的生意做成了连锁店,而孩子上了大学。她说在逃跑之前,她都不知道原来一个女人还可以离婚。

这个世界上总有一些人,即便受到了伤害,仍然相信付出努力就可以得到改变，仍然不把自己放在受害者的位置上去做更多的要求与索取。她们是积极的、理性的，愿意坚持公正与善良。

很少有人人生是一帆风顺的，一辈子可能会遭遇到的不幸有很多——亲友的背叛、挚爱的离去、钱财的损失，但这都不是我们要求别人给予关爱的筹码。你过得不好，不是世界欠你的，是你欠你自己的——你欠自己一个更好的生活，而更好的生活也只能靠自己努力争取才能得到。

不是不适合你,而是你太三分钟热度

1

朋友想用业余时间去学舞蹈,就先报了一个软开班,有专门的老师负责帮学员压腿、压胯。每节课都让她疼得死去活来的,可软开度在班上还是最差的。坚持了两节课,朋友决定放弃。她在朋友圈里急着转让课时卡,大家笑她"想一出是一出",她却振振有词辩解:"不是我'想一出是一出',而是这东西真不适合年纪大的人玩。那些十几二十出头的人,轻轻松松就能练成'一字马'。我别说'一字马'了,弯腰把手平放在地上都够呛。同样是花时间,干吗不做一些我擅长的?"

听着挺有道理,可这已经是继她转让健身卡、游泳卡、射箭馆会员卡之后的第四张卡了,每次她都有理由:健身房去了几次就不去了,因为觉得器械会练出太多肌肉,而在跑步机上跑步又枯燥无味,还不如去游泳;办了游泳卡,才游了两周又表示太麻烦,每天都要洗头发,而且消毒水对皮肤不好;听说我有射箭馆的会员卡,又嚷嚷着要和我去射箭,射了两次后,兴冲冲地也办了卡,可是不到一个月,又表示射箭只能练习肩背臂膀,对下肢没有帮助,而且进步太有限,因为力量上怎么也比不过男人,还是决定去学舞蹈;听说舞蹈对柔软程度要求比较高,就打算从基础学起,先报了一个软开班,怎料上了两节课又觉得自己跟不上别人的步伐,还是打算放弃。

"要找一个适合自己的运动项目真难!"她逢人就抱怨,好像真的为这些运动花过什么心思一般。其实不是找一个适合自己的运动项目难,而是她只有三分钟热度,一点苦也不肯吃还想去运动。

漂亮的身材、健康的身体总是要付出一点汗水才能拥有的,哪里有天上掉馅饼的好事?

2

和家人打电话,被告知表哥最近正在闹离婚,因为表嫂发现他把家里留着买房的积蓄全都花了。黄赌毒一点都不沾的表哥把这些钱花到哪里去了呢?家人百思不得其解,再三追问才知道,他迷上了买彩票,这些钱全部都被他用来买彩票了——有时候一天要买好几百甚至上千元,就这样不到几年,几十万的积蓄赔了个精光,媳妇也要弃他而去。他郁闷极了,到处打电话找人借钱,不为别的,就为了能再赌上一把,把输出去的钱赢回来。

他从小就有赚钱的欲望。别人童年的理想都是成为科学家,只有他说想要做一个大富翁。可惜虽然想要做个大富翁,却一直懒懒散散的,没有什么真正的行动。几年前有一次买彩票中了一千多元,此后就一发不可收拾,每天潜心研究各个小球出现的概率,无奈运气不佳，再没中过超过一千元的奖金，却把用来买房的积蓄赔了个精光。

"是不是要做个有钱人的想法太不切实际？"表哥问我。

我摇摇头："不是要做个有钱人的想法不实际，而是想通过买彩票成为有钱人不实际。"

学过概率的人都知道，彩票是一个负期望的买卖，只有大多数人都赔了钱，才会有一个人赚得瓢满钵满。把变成有钱人的希望寄托在这上面，实在是太过渺茫，还不如脚踏实地上班挣得多。

"可上班得到猴年马月才能挣那么多钱？是我的野心太大了！"表哥叹口了气总结道。

我没有再说什么。

野心大的人多了去了，也不见得落到他这样的境况。有野心不是问题，有野心却想要不劳而获才是问题。幻想能够拥有金山银山，却不愿意在烈日下奔波，不愿意在饭局上应酬，拿着一点本钱以小博大，凭运气混日子，自然不容易得到好的结果。世间万物，耕耘尚且不一定有收获，何况只想着坐享其成呢？

3

因为一些契机想要做一件事情，于是带着十二万分的热情去做了，可是没坚持几天就打了退堂鼓，这也许是很多人都有过的经验。

看见同学的毛笔字写得特别好看，于是也去练习，可没练多久就觉得枯燥无味又没有什么进展，想来自己不是这块料，索性作罢；看见舞蹈演员在舞台上身姿优美，就也想去学，但压腿太疼、练功太苦，而且对着镜子摆姿势时发现也没有那么好看，于是归结为自己没有天赋，终又放弃。羡慕有钱人的生活，但是一提起赚钱就想着用一些不花功夫、不费精力的方法。

饱含着热情着手去做一件事，却又不能迎难而上，还给自己找了很多借口——"接触了才发现并不喜欢""这不适合我""我不擅长"……这些借口成功地骗过了自己，觉得自己真的不喜欢、不合适、不擅长。其实哪有什么喜欢不喜欢？大多数人喜欢的通常是自己擅长的事情。而擅长做一件事并不需要什么天分，肯付出努力就足够了，毕竟不是要求你做到极致，比普罗大众好那么一点有什么难的？

以前有个学钢琴的前辈说过一段话：童子功多半都是胡扯，小孩子练十年功，难道你练十五年功还达不到那个水平？童子功被说得这么神乎其神，不过是因为小孩子有人逼着去做，所以练十年琴，那就是实打实地练了十年琴，每天一个小时，练不完不许睡觉。不像成年人，今天高兴了弹一个小时、两个小时，明天累了、乏了、有聚会了，弹琴的事情就被抛到了脑后，谁也不能逼他，他还会给自己找一大堆借口，即便是每天实打实地练了一个小时，难的曲子练着太枯燥，就挑简单的学，这样一来，练十年和人家练五年，甚至练一年的区别都不大，还觉得错过了最好的学钢琴的年纪。

所以，什么事情从不会到会都得逼自己一把，不逼自己，最初的那个难关就没法跨越。你只能感叹因为年纪大了，所以学不了这样的东西了，抑或把无法得心应手说成是因为并不是真正喜欢。

归根到底都是三分钟热度在作祟。

那些说爱你的人才伤害你最深

1

每逢节假日,尤其是端午、中秋、春节这样的传统节日过后,心理咨询室的来访者就会忽然增多。起初我很疑惑:为什么传统节日过后来访者就会增多?后来我发现是因为在这样的传统节日里人们会选择回家探访父母亲朋,从前与原生家庭相处的模式、幼年时还未愈合的伤痕和困惑便统统卷土重来。

他们带着这样或那样的问题来到心理咨询室:为什么那些口口声声说爱我的人要伤害我?如果这世界上连爱我的人都这样对待我,我是否还值得被好好对待?他们真的爱我吗?

幼年时遭受的粗暴让他们的价值感普遍偏低,在人际交往中总是容易表现出退缩或者过度迎合。他们的意识或潜意识里总认为自己配不上对方,配不上更好的生活,因此会轻易地放弃好机会,在生活顺利的时候也患得患失。

这个世界上的大多数人都不知道怎么去爱。

那些声称最爱我们的人却在伤害我们,不是因为我们不值得被爱，而是因为只有说爱我们的人才有资格伤害我们——陌生人的耳光让人愤怒，亲人的耳光才让人伤心。

2

多半有着痛苦童年的人都赞同这种看法，但也有少数例外。尽管童年时遭受了不少粗暴的责打、忽视，甚而虐待，但他们坚决不认为这是一种伤害。

"小孩子，你不打他不骂他，他就不知道对错。讲道理要是有用的话，就不会有那么多熊孩子了。"我的一个男性友人是这个论调的坚定支持者。

他小时候老被他妈妈打，考不及格要打，考及格了没考到他老妈希望的分数也要打；生气了打，高兴了也打……

他虽然有这样不愉快的童年，却坚信小孩子就应该用这种方式管教，甚至在饭桌上侃侃而谈自己通过责打得到的成就，以及自己的孩子有多么听话。那时他的孩子就坐在饭桌旁，低着头一言不发。

你会发现生活中总有这样奇怪的现象：一个童年不幸的人当了父母后，要么成为他从前最讨厌的那种父母，要么矫枉过正，在和孩子的相处中小心翼翼、如履薄冰。

后者还容易理解一点，前者则让人不明白为什么。既然自己经历过，不是更应该去改变吗？

殊不知二十年媳妇熬成婆。

苏晓波说：在我们的文化下，要毁掉一个人，就要教他去恨他的父母。

父母被塑造成恩人的模样——生下你、养育你，不论是从小受到的教育，还是影视作品里，你都会不断得到这样的信息：他们是这个世界上最爱你的人。

事实上，他们中的大多数也的确会做出许多爱你的举动，然而伤害也是实实在在的，于是你更加不明白：既然是爱，怎么会带来伤害呢？

你无法坦然地承认这些伤害，也无法坦然地去恨父母。为了实现自我和谐，你只好把一切都转向认同，为自己从前的苦难找一个理由：你看，小孩子就应该被责打，只有这样他们才能好好听话。

内心的冲突得以化解，而错误的教育方式则被延续下去。

随便翻翻网络论坛，你都会看到很多对"不听话"的孩子持骂骂咧咧态度的成年人，并且这种态度还得到了很多人的赞同。

当你认为粗暴地对待孩子没有不妥的时候，生活总是能以你觉察不到的方式对你产生影响。

3

有一段时间我对"厌女症"特别感兴趣。我发现这世上有一些人特别讨厌女人，他们觉得女人是低等生物，没有智慧，受到凌辱和欺侮都是活该。后来我惊讶地发现"厌女症"不算什么，严重的是"厌幼症"（不知道这样叫合不合适）。

随便打开一个网络视频，只要里面出现孩子的哭闹声，又或者点开一部电影，里面有美丽善良的成年人为了孩子牺牲了，那么弹幕里打打杀杀的言论就都出来了，叫嚣着让熊孩子去死，要一枪毙了熊孩子。要说这只是在匿名状态下随口说说，那么各种论坛和分享平台里教人应对吵闹的熊孩子的措施就更离谱了。当着孩子的面对孩子的父母说："你要是再不让他闭嘴，我就让你知道他是怎么没的。"对着孩子大吼大叫："你爸妈不管你，我来管你。"甚至是直接的暴力相向。孩子吓傻了，不敢闹了，一路上安安静静的，连哭都憋着不发出声音。这样的简单粗暴竟然能得到一片叫好声。

我觉得即便真的遇到了特别不听话的孩子，用威胁和吓唬孩子的方式制止孩子的错误行为也是不恰当的。孩子之所以是孩子，就因为他们的心智还不成熟。你的恐吓和威胁对他们而言可能就是一场童年的梦魇。

然而，这么明显的"不恰当"为什么会被大加赞赏呢？因为我们都曾是爱哭闹的孩子：也许是因为旅途中车厢闷热，也许是因为离开家的恐惧，也许是因为空调太凉了，也许是因为在飞机上升下降的过程中耳膜很疼，可是我们从来都没有得到过安慰，我们被一个巴掌和更多的威胁制止了。我们变得很乖，但这乖巧是用委屈换来的。于是，当我们成年之后，我们开始讨厌那些不像我们一样受到严厉管教的孩子：讨厌他们竟敢肆无忌惮地哭泣；讨厌他们竟敢肆无忌惮地欢笑；讨厌他们的无知；讨厌他们因为无知而被人宠着，被人安抚着。

也许有些伤害注定是无法治愈的，也许有些问题我们会背负终身，但是这并不代表我们不需要去正视这些问题，去探究这些问题，因为只有你承认问题所在之后，才能着手解决。

上心理咨询课的时候,有一个老师说得特别好:我们可能没有办法拥有完美的父母,但我们可以尽量让自己成为完美的父母。

即便我们背负着伤害前行,我们仍然能够停止以爱的名义去实施伤害,不让那些我们深爱着的人重蹈我们的覆辙。

钓鱼的哲学

1

朋友喜欢钓鱼,可以拿着钓竿在河边坐上一整天,有时候什么也钓不上来,有时候收获颇丰。但他很少吃自己钓上来的鱼,不是放回河里,就是拿去送人。问他这样钓鱼有什么意思,他说:"你不知道,钓鱼就像做事业,意思多着呢。"

这个朋友大学毕业后在一家牛哄哄的公司里干了两年,因为公司人才济济,总是得不到升职的机会,索性自己出来单干。他拿着攒了几年的钱想要开公司,然而北京的地价和人工都太贵,他只好跑到河北去。创业初期,他一天就睡四五个小时,最困难的时候身上连五百块钱都拿不出来。

大家都劝他放弃。可他说只要饿不死,他就要坚持下去。

就这么坚持了两年,市场竟然慢慢打开了,生意越来越好。两年后,他又把公司搬到了北京,现在一年的销售流水能有几千万。

"钓鱼和开公司是一样的。"他和我讲,"你得先往外撒饵,告诉河里的鱼这里有吃的,让它们过来——这就好像是前期投资,你不知道它们会不会过来,只能垂着竿子在那里等。鱼咬钩了就是机会,只有在最恰当的时候提起鱼竿你才能把握住这个机会:提得太快,鱼还没咬稳,一受惊就跑了;提得太慢,鱼已经吃完了饵,挣脱得无影无踪。这时候你还不能急,你得等着下一条,不能让已经错失的东西影响你的心情和步伐——就像做生意,你总会遇见一些看起来能让你赚得瓢满钵满的大客户,可是他们未必买你的账,刚开始错过的时候总是焦急懊悔,后来发现焦急懊悔没有用,这样的事情总会发生,重要的是吸取经验教训。每次觉得自己浮躁了,沉不下心了,我就来钓鱼……"

"你喜欢钓鱼吗?"他问我。

我摇头。

"所以呀,你当不了企业家!"

2

我不擅长钓鱼,但我觉得他说得还挺有道理的,不只是做企业,做任何一行,但凡想做出点名堂来都是这样。

如果一个人什么都不会,就好像一个渔翁没有饵,成功的概率就会很小。所以,首先你得有实力,不用多么让人惊艳,但至少得在你想从事的领域里比普罗大众好那么一点点。有了实力之后,还不能埋没了这份实力,你要找机会把实力展现出来,让别人知道。你说你很厉害,什么都会,可从来不表露,那么这个"会"就和"不会"是一样的。你写的小说得放在平台上才能有人读到,画的画得挂在画廊里或放到网上才能有人欣赏,唱歌得去参加选秀才能让别人听见：吸引不到观众就推销不出去自己的产品。

除此之外，你还得能坚持、耐挫折。只要河里有足够的鱼，那么总有好你这一口的。暂时的枯燥、蛰伏都算不得什么，你要相信前途远大光明。在这个过程中你很可能会错过一些特别好的机会，这时候不要轻言放弃，也不要太过沮丧，因为在某种程度上说，机会证明了你的实力，有第一次机会就可能会有第二次机会……

3

但如果坚持的是错误的方向呢？

一个人不可能保证自己选择的道路是绝对正确的。

钓了一整夜的鱼却什么也没有钓上来是常有的事情，坚持未必都能换来成功。

我问朋友："坚持错了该怎么办？"

朋友笑答："愿赌服输。"

这世上有那么多条好走的路，你选择了难走的那条，因为它可能带来更大的收益，而收益大也就意味着风险大。

你可以选一个轻松稳定的工作，无欲无求，一年一年地做到退休。

但你没有这样做，你希望赌一把。但是这世上从来没有收益极高却没有风险的投资。如果坚持到头还是发现自己弄错了方向，那么终归是自己选择的道路，不埋怨，不抱怨，大不了从头再来便是。

只有自律才能快乐

1

古希腊哲学家伊壁鸠鲁说：一个不明智、不健康、不正直的人不可能拥有快乐的生活，而一个生活不快乐的人也不可能拥有明智、健康和正直。

听起来颇为拗口，简而言之，伊壁鸠鲁说的其实就是自律。没有自律，就没有明智、健康和正直，也就没有快乐。

前段时间有个知友在知乎上问我："我不明白自己为什么很讨厌自己一个人在家，尤其是假期。假期刚开始的时候，还憧憬着无拘无束的生活，比如可以睡到自然醒，打游戏打到凌晨，可以刷剧、看电影，可真的执行起来，只要超过三天，就会从心底涌出一种难以消散的空虚和惆怅，反而希望假期快点结束。"

"是不是我这个人不懂得享受生活呢？"他问我。

我仔细想了想他描述的生活。如果吃了睡，睡了玩，玩饿了再吃，什么正经事都不做，那么超过三天，我大概也会觉得空虚。

人是这个世界上最需要意义感和存在感的生物。在这样的玩乐中，我们很难找到什么意义，而这样的玩乐也算不上是一种享受。我们的大脑实在无法说服我们去虚度时光。

"所以，即便是假期，也最好不要每天都晚睡晚起。要给自己找一些感兴趣却又不太容易完成的差使，保持自律的精神。"我对他说。

2

很多人认为自律是痛苦的，因为要做到自律就要强迫自己去做或者不做某件事。

的确，从这个层面上说，自律需要一定的意志力，但这种意志力带来的结果是快乐的。把自律简单地归结为痛苦是一种误区，因为如果没有自律，我们得到的享受也会变得十分低级。比如，我们会长时间地坐在沙发上变成"沙发土豆"；不停地刷新朋友圈、微博和其他社交网络；到了睡觉的时间，我们还是放不下手里的平板、手机，窝在床上吃着垃圾食品，看各种各样的八卦新闻。然后一天又一天，周而复始，好像过得惬意悠闲，但实际上一无所获，甚至因为熬夜而比勤勤恳恳工作的时候更没精打采。

自律是一个人经营好自己生活的必备品质。凡是有所成就者，没有一个不是自律的认。

——火遍全网的咪蒙在创办公众号之前在豆瓣上整整写了五年专栏。

——南派三叔的电脑里有数千万字的废稿。

——郎朗从三岁开始练习钢琴，数年如一日。

还有富兰克林在回顾一生的时候更是表示:"我之所以能从一个懵懂无知的穷少年,成为一个在世界范围内还算有点名气的人,全都得益于上苍给我指点了迷津。"

他所说的"迷津"就是他多次强调的自律十三条:节制、缄默、秩序、决心、节俭、勤勉、真诚、正义、中庸、清洁、平静、贞节和谦逊。

即便不和成功挂钩,相比于放纵,自律带来的享受也是更加高级的。

厌倦了没完没了的工作,每当写完一批稿件我就给自己放一个假,短则两三天,长则半个月。刚开始放假的时候,日子总是过得浑浑噩噩的,虽然睡得昏天黑地,但还是没有精神。后来,我决定利用这些时间去做一些其他事情,比如去健身,去做户外运动,练一两首稍微超出自己水平的钢琴曲,临摹一幅画,读一本略有些晦涩的书……为了做这些事,我大体上保持着工作日的作息时间,看起来好像牺牲了赖在床上看电视的时间和更充足的睡眠,但我却见到了更美好的风景,遇到了更美好的人,有了更漂亮的身体和肌肉线条,有了更能取悦自己的资本,最主要的是我觉得更开心了。比起赖在沙发上吃薯片,这实在是一种更加有意思也更加持久的快乐,而这一切没有自律就不可能实现。

3

据说,跳芭蕾的人都得符合标准体重。而所谓的标准体重等于身高减去105,也就是说一个身高165厘米的人的标准体重应该是60

公斤，一个身高170厘米的人的标准体重应该是65公斤。出于对舞蹈事业的热爱，跳芭蕾舞的人都几十年如一日地坚持节食和做高强度训练。

"会觉得很辛苦吗？"我问那位朋友。

她的午餐是一小片鸡胸脯肉，以及简直数得出粒数的米饭和水煮蔬菜。

"习惯了。再说美哪是轻而易举能得到的？你看杨丽萍，已经五十岁了，在舞台上却依旧这么灵动！她吃得比我还少。"朋友说。

我曾一度担心她的健康，但她告诉我，这些食物的热量和营养都是经过计算的，完全能够应付平时的训练。

"人本来也没有必要摄取这么多食物。摄取这么多食物往往不是因为身体需要，而是因为口腹之欲。"

看她在舞台上一展身姿，就觉得她说得很有道理，而且这些约束都是值得的。

自律并不会损害我们的快乐和自由，而是能给我们带来更多真正的快乐和自由。

人和动物最大的区别就在于人对未来总有许多计划和憧憬，总有许多目标，而那些对生活满意度高的人，常常是那些能达成目标的人。

想要学一种乐器，想要健身，想要更好地管理自己的时间……我们总对自己有这样或那样的期许。

每做成一样事情，我们就会多一点成就感，多一点自信。但如果计划都没有完成,我们就会觉得沮丧和挫败,就会对生活少一些满意。

从这个层面上说,自律是帮我们达成这些计划的桥梁。而达成这些计划,通常又能帮助我们更自由地生活。

蔡康永说:"十五岁觉得游泳难,就放弃了游泳;十八岁遇到一个你喜欢的人约你去游泳,你只好说'我不会耶'。十八岁觉得英文难,放弃英文;二十八岁出现一个很棒但要会英文的工作,你只好说'我不会耶'。人生前期越嫌麻烦,越懒得学,后来就越可能错过让你动心的人和事,错过新风景。"

没有自律就可能被困在简单的世界中,裹足不前。

4

道理浅显易懂,但问题的关键在于怎样才能让自己变得自律。

很多人只是嘴上说说,一旦需要身体力行地去做,立刻就打了退堂鼓。

真是这样也不要紧,已经懒了二三十年了,不可能一口吃成个胖子,所以可以先从简单的做起。比如,坚持每天打扫一次房间,每天为自己做一餐饭,每周写一篇文章……给自己定下大体上能够完成的计划,然后循序渐进地进行。

当生活变得更加有规律和健康的时候,我们的状态就会更好。如果我们每天都完成了自己的小计划,我们就会从中得到自信。通过这些好状态积累起来的成就感和快乐能帮助我们拥有更多的执行力,这就形成了一种良性循环。慢慢地增加自己的"任务",久而久之,自律的品质也就培养出来了。

没有自律的生活是无法持久快乐的,从现在开始,行动起来,也许自律可以改变你的一生。

PART FIVE

等不到的晚安就别等了

爱别人首先得爱自己。愿意为对方成为更好的人，但不是全然不同的改变。

爱别人首先得爱自己

1

闺蜜恋爱了。但她的爱情并没让她快乐。她总是抱着手机踌躇着：手机那头的恋人怎么还不发来信息？那头的恋人怎么还不打来电话？他周末怎么没有约我出去？他怎么忘了我的生日？……

而每每抱怨起来，手机那头的恋人总是回答："对不起，我真的太忙了！"

明眼人看到这里都能明白，他不喜欢她，可恋爱中的她却无论如何都看不明白。于是，她顶着恋爱的名义，却过着近乎单身的日子。有人婉转地提醒，她便找来大量理由证明自己的爱情。

"他上进心强，他以事业为重，他是公司里最重要的人，他不喜欢黏糊的关系，他有依恋障碍，他有童年阴影……"总之，她宁愿相信一万个鬼扯的理由，也不愿意相信他其实就是不喜欢她。

每晚抱着手机等一句"晚安"，有时候等着等着就睡着了。

我问她："为什么不主动和他联系？"

她回答："我不愿意打扰他！"

"那些教人恋爱的书不是都说了吗,这样才能成为美好的伴侣。"

哪怕有了怀疑,她也会很快从记忆中搜寻一些细枝末节打败这个怀疑:是的,他说过喜欢我,他和我一起憧憬过未来……

直到关系结束,她才想起旁人早就和她说过:他其实并不喜欢你。

2

看一个人喜不喜欢你,别听他说了什么,要看他做了什么。

任何一段恋情,哪怕没有什么爱意,人们也会说些甜蜜的话。可甜蜜的话终究只是说说而已,只有做才能看出是不是真的有感情。

说一百句"我爱你",也不如生病时的照料,人生低谷时的支持。

闺蜜和那个男人最终还是分开了。

男人说:"我以为我那么做你就会明白,可是你还是没有明白……对不起,我们不合适!"

闺蜜问:"为什么不合适?我有什么不好吗?"

他回答:"没有,你很好。"

闺蜜说:"既然很好,为什么还要分手?"

……

打破砂锅问到底,殊不知好不好都只是明面上的话。想要分手就意味着有不满的地方,也许是不满意你的长相,也许是不满意你们相处的方式，也许就是不满意你的性格、你这个人本身。

既然已经努力过了，那不满意又能怎么样呢？毕竟不是人民币，能讨得所有人的喜欢。

电影《爱情呼叫转移》里有个情节，徐峥扮演的男主人公费尽心思想要和发妻离婚，他受不了她絮絮叨叨的样子，受不了她说话的方式，最受不了的是她十年如一日地做炸酱面。妻子被逼无奈，最终同意离婚。两人分开后，各自过自己的生活。男主人公又遇见了许多形形色色的女人，可嬉笑怒骂过后都没能成就姻缘。某一天，他回到妻子的家中，没有想到的是，妻子身边已经有了另一个男人。那个男人招呼他吃她做的炸酱面，他说："她做的炸酱面简直是天下最好吃的。"徐峥捧着那碗炸酱面，吃也不是，不吃也不是。

同样的一碗面，他厌恶入髓，别人却为之欣喜。是他错了，还是他错了？都不是，是她错了！她一开始就应该选择和欣赏她的人在一起。

爱情需要经营，我们得让自己尽量保持好的状态，才能留住自己爱的人，但这不代表要委曲求全、一味讨好，不代表要和一个并不欣赏你的人同处一片屋檐下。

爱别人首先得爱自己。愿意为对方成为更好的人，但不是全然不同的改变。

当你抱着手机焦躁万分却不敢打扰对方的时候，这已经不是一场你情我愿的爱情了。

3

大多数的"我很忙"都是借口:是我不喜欢你的借口,是我不想见你的借口,是我已经在和别人约会的借口,是分手的借口。

爱一个人就会想要同他分享:不管是遇见美好的事物,还是工作中的烦心苦闷;不管是吃到好吃的东西,还是看到了一个有趣的笑话。

有这么多想要分享的事物,恨不得每时每刻都待在一起,又怎么会挤不出一丁点时间呢?

"既然不爱了,就该早说。"

"不是我不早说,而是我做了那么多不爱你的事情,你仍旧不愿意相信。"

没有一个分手是突然的。在某个无话可说的下午,在越来越晚回复的消息中,我们总能寻找到爱情逝去的痕迹,只是以为还处于爱情中的那个人不肯接受罢了。不仅不肯接受,在最终的结果到来的时候还想着拼命挽回。

一个人会爱上你一次,就会爱上你第二次,你要做的是不经意地出现在他的生活中,不是纠缠着他,而是让自己变得更好,变得更有新鲜感:如果他曾爱的是你的优秀,那么你就要变得更加优秀;如果他曾爱的是你的美丽,那么你就要变得更加美丽……

网络上一个教人挽回爱情的帖子,据说按照这个方法挽回爱情的概率高达百分之九十,只是最终修成正果的却寥寥无几,因为大多数人在变得更好的过程中看淡了旧爱,释怀了曾经,遇见了更好的人,笑自己当时痴傻,不知自重。

等不到的晚安就别等了,放手之后,说不定有一片更广阔的天空。

干得好不如嫁得好

1

如果你是个女孩,那么在长大成人的过程中,你大概会常常听见一句话,叫作"干得好不如嫁得好"。七大姑八大姨们可以举出无数的例子来说明这句话是对的,比如,邻居的女儿读书一般,工作也一般,可是找了个很优秀的男人,从此过上了奢华的生活,而单位老板的儿子放着千金小姐不要,偏偏娶了一个灰姑娘。

那些生了女儿的父母,倘若女儿自身能力有限,通常会拿这句话来做安慰:"干得好不如嫁得好。没关系,还有第二次选择的机会。"而那些女儿很有能力,终身大事却迟迟没有着落的父母,又会拿这句话来劝说:"你拼死拼活这么累,还不如嫁一个好男人。"

这话要是搁在几十年前,兴许是句实话。

与男人相比,一个女人更不容易从社会中获得资源。受限于传统观念,女人总被认为应该在家庭中多付出一点。

既然要在家庭中付出更多,那么与其闯进社会和男人们争抢资源，还不如退而求其次地从男人身上获得资源。在婚姻稳固的年代，趁着年轻貌美、形容可爱嫁个富裕人家，也会一辈子吃穿不愁。

然而，今时今日的婚姻早与以往有所不同。尽管女人从社会上获得资源仍旧没有男人容易，但婚姻不再是一件稳固的事情了。你得到的一切都是需要交换的：用才干换薪水，用生育、美貌和年轻换得更好的生活。才干随着年纪的增长可能会更加出色，但生育、美貌和年轻却在随着年纪的增长慢慢消退。人老珠黄的时候又恰逢婚姻变故，该怎么办？

那时候，过得好不好就全得仰赖别人的道德感和自己的运气了，又哪有什么终身饭票可言？

2

我妈有个朋友是这句话的坚定拥护者。她从小生活在农村，见多了面朝黄土背朝天的艰辛，于是给自己定下了一个目标，要嫁给城里的工人。

在那个年代，工人的待遇和福利还是非常好的，嫁给工人就不怕生病，不愁吃饭了。她为了实现这个目标，一有闲暇时间就跑到工厂里，费尽心思结识工厂里的姑娘，同她们打成一片。就这样经过多番努力，她真的嫁给了一个工人。家中姐妹都说她厉害、有本事，这辈子可以吃公家饭了，而且工厂里有计划生育政策，她还不用一个劲生儿子了。

然而谁能想到，20世纪90年代初拿一千块钱薪水的国企工人，到了21世纪还是拿一千块的薪水，更惨的是随着国企改革，工人迎来了下岗潮。人到中年，丈夫下岗了，她忽然失去了唯一的生活保障。夫妻俩都没有一技之长，年纪大了想要再去学点什么或做点什么，却总是限制多多，只好茫然地跟着大家去工厂闹事，去政府门口示威，要求国家给解决生计。生计没有解决，只好每个月拿着低保过日子，四处打零工，过得颠沛流离。

时常能听到她感叹：当年只想着找个有保障的老实人，他不会跑，她就能一辈子安稳，谁知道人倒是老实，也没有跑了，但铁饭碗般的工作却跑了。

世事难料，抵抗风险的能力远比归宿本身重要。不管是嫁个好人，还是找个好工作，靠什么都不如自己真正有本事来得踏实。

3

罗永浩刚做手机的时候，公司挺困难的。罗永浩安慰公司的员工："你们别灰心，别沮丧，要努力，这样我们才能把公司运营下去。"结果公司里的员工反过来安慰罗永浩："老板呀，你别担心我们，我们不怕，我们做技术的，这家公司倒了就去另一家公司，反正待遇和经验就在那里，倒是你呀，别沮丧，别灰心，要努力，这样我们才能跟着你干呀！"

罗永浩一听，确实是这样：有困难的是自己，他们都是技术人员，大不了就换一家公司嘛。于是，他甩开膀子招聘，并丑话说在前头，不敢保证公司会不会倒，反正技术人员不怕风险，薪水高，尽管放马过来。然后，就有了锤子手机的那句广告语：漂亮得不像实力派。

罗永浩做的手机我没用过,但道理就是这样,那些嚷嚷着"干得好不如嫁得好"的人,看不见把前途压在"嫁人"这件事情上的高风险。即便是在年轻貌美、有趣新鲜的时候,爱人尚且可能移情别恋,更不用说一个人不可能永远年轻貌美,永远新鲜有趣了。

所以,趁着年轻,我们应该做的是提升自己的工作能力,掌握一两样必须的技能,这样即便风暴来临,至少大雨滂沱之中还有一技之长能让你拨云见日。

沟通，重要的不是听他说了什么

1

"我真的越来越讨厌她了。"朋友当着一干死党的面抱怨自己的妻子，说妻子总爱在家里挑事儿：在他面前说他父亲的坏话，说他父亲如何偏爱他的哥哥，如何将大部分的钱都给了他的哥哥而不是他。

"大家是一家人，那点钱我又不是挣不到，计较什么？"

朋友收入小康有余，老父亲的存款有几十万，虽然全都给了哥哥，但相对他的收入而言，不是什么大数目，他想不明白妻子为什么紧抓着不放，由此心生厌恶。

"你和她表达过你不喜欢听她说这些吗？"

"当然。"

"那她有什么反应？"

"我越不让她说，她越爱说。"

"哦？你是怎么表达的？"

"我跟她讲，你别给我挑事儿，我不爱听，他们是我的家人。"

明眼人听到这里,大概就能明白了,这事其实和钱没有关系:"挑事儿"意味着这不是客观事实,"他们是我的家人"听起来就好像你不是我的家人。无怪乎妻子要一次一次地向他证明,父亲和哥哥对他并不像他想得那么好。

沟通,重要的不是听他说了什么,而是看他语言背后表达的情感。要想让妻子不再提这件事其实不难,只要满足了她的情感诉求就好了。

告诉她:"你说的这些我都知道,但你老这样说我心里更难受。"肯定妻子所说的是事实,同时也表达了自己的感受,妻子的情感得到了慰藉,自然没必要再唠叨这件事了。

她要的不是钱,而是我和你一起并肩作战的感觉。

2

会沟通的人总是能一眼就望到别人的心里去。

弘一法师李叔同决定要出家的时候,他的妻子没有吵、没有闹,只身一人回了日本。不是他的妻子多么深明大义,而是李叔同此前在给妻子写的信里说得太好,不仅表达了自己出家的决心,还肯定了两个人的感情,大大夸奖了妻子的特立独行、与众不同。

"你是否能理解我的决定了呢?若你已同意我这么做,请来信告诉我,你的决定于我十分重要。"

"硬是要接受失去一个与你关系至深之人的痛苦与绝望,这样的心情我了解。但你是不平凡的……你的体内住着的不是一个庸俗、怯懦的灵魂。"

"人生短暂数十载,大限总是要来,如今不过是将它提前罢了,我们是早晚要分别的,愿你能看破。"

"在西天无极乐土,我们再相逢吧。"

文艺女青年最怕戴高帽,被如此大加赞赏,再不做一点高姿态怎么说得过去呢?

二人在湖边依依惜别,从此再未相见。

而弘一法师的爱慕者实在太多,即使出家之后也不得安宁。

据说有一个疯狂的女粉丝每日来寺里找他,要求他还俗。寺里的僧人不堪其扰,但这位女粉丝态度十分坚决,赶也赶不走,骂也骂不跑。弘一法师想了想,便差人到寺庙门口给她送了一张纸条,纸条上写着:"还君一钵无情泪,恨不相逢未剃时。"

这句诗引用得太高明。

一方面满足了女粉丝的虚荣心——她之所以执意要见他,不就是想看看能不能打动他吗?所以他告诉她,我也是喜欢你的。另一方面又借此表达了自己的身份——真遗憾,我已经剃度了,是出家人了,我能给你的只是一钵无情泪。

女粉丝读了之后果然大受感动,小心翼翼珍藏着纸条,从此再未骚扰弘一法师。

这两件事要是换一种处理方式可能就不会得到这样的结果:指责妻子不够明事理,不理解自己,妻子可能就会满腔愤恨,不依不饶;指责女粉丝瞎胡闹,避而不见,女粉丝则可能化身为杨丽娟,越加执着——当年刘德华要是有弘一法师这般智慧,事情也不会闹得如此不可开交吧？

毕竟只是个女粉丝，寄托在他身上的不过是自己的幻想，满足了她这样的幻想之后，她自然就会心满意足，不再打扰了。弘一法师真是有洞察人心的智慧啊。

3

一次良好的沟通不仅能解决人与人之间的误解、不满，还能增进彼此的了解和感情，而一次不好的沟通则可能使小矛盾变成大矛盾，大矛盾变成宿仇。本是最亲密的朋友、亲人，到头来，却相看两生厌，反目成仇。

世上会沟通的人就和会爱的人一样少。

网络评选最讨女人厌的十句话，"多喝热水"排在了首位。

——我感冒了。

——多喝热水。

——我姨妈疼。

——多喝热水。

——我胃难受。

——多喝热水。

感冒了不就得多喝热水吗？就好像生病了要看医生，天凉了要多穿衣服一样，为什么讨厌？

因为抱怨身体不适的女生并不是想要得到一个解决方案。尤其是两个人在异地的时候，和对方讲感冒、姨妈疼、胃难受，对方既不能帮着端茶倒水，也不能帮着挂号拿药，所以说这些话只是希望得到对方的安抚和心疼罢了。

——我感冒了。
——听你这样说我好难过，恨不得感冒的是我自己呢。
——我姨妈疼。
——听你这样说我好难过，恨不得姨妈疼的是我自己呢。

要是能听到这些话，大概电话那头的女子就会立即喜笑颜开，病也好了一大半了吧。关键不在于对方说了什么，而在于对方想通过这些话表达什么。

有时候虽然话说得很难听，可你知道他是善意的，心情也就不会变坏。有时候可能是明褒暗讽，你也要留点心眼。

探望久未见面的长辈，一进门，他就劈头盖脸地说一句："哟，你还记得我呀，我以为我死了你才会来。"听起来话里都是挖苦和指责，让人讨厌，但实际上他想说的是：我很想你，你怎么都不想我呢？

和同事一起去食堂吃饭，老领导排在你的后面，你让他站到你前面去，同事在大家面前夸奖你："像你这样的为人处世，最讨上级喜欢了。"实际上他想告诉大家的是,你擅长溜须拍马玩虚的。

  沟通的方式还能够互相影响,对于那些总是通过难听的话来表达想念和担忧的人,你的健康的说话方式也会感染他们。很多长辈没有表达爱的习惯,可是在三四岁的孙女孙子面前,却慢慢放开了。孙女说:"姥姥我爱你。"姥姥听多了,竟也能回答:"姥姥也爱你。"话说出口后才意识到这可能是自己这辈子第一次说"爱"这个字,然而说得却也自然而然。

  不要听对方说了什么,要看对方语言背后想要表达的情感,只有了解了语言背后的情感,才能形成良性沟通,才能化干戈为玉帛。

你是如何一点一点失去你的生活的

1

朋友买了新房子,就打算养一只狗。

因为以前没有养过,所以他每天都逛各种宠物论坛,希望能恶补关于小动物的知识;每周还会到流浪猫狗救助中心去做义工,提前熟悉狗狗的生活习性。他很快就能熟络地说出狗狗的不同肢体动作代表什么样的情绪,能够一眼识别出不同血统的狗狗。平时聊天,他还喜欢向我们科普各种犬科常识,比如阿拉斯加犬是雪橇犬,边境牧羊犬最聪明,小串串身体好,柯基有小型犬的体型和大型犬的沉稳……

他甚至已经挑好了自己要养的狗狗,却最终在领养的前几天放弃了。因为他的母亲不同意他养一只狗。

他并没有和他母亲住在一起,甚至不在同一个城市。他已经二十九岁了,有着不错的收入和完全独立的经济状况,他的房子也是自己买的。

我们都不明白:为什么在自己家里养狗要经过他母亲的同意?

他也不明白，但是他说："既然她这么不高兴，就算了吧！"

据说母亲已经为了这件事情和他吵了好几次架，反复唠叨着养狗对身体不好，影响工作、影响恋爱，甚至会影响财运。他逐条反驳，母亲无话可说，便开始哭诉小时候是怎么疼他的，养育他多么艰辛，可是他连这么一件小事都不肯听她的话，完全是不孝顺……

朋友最怕母亲这一招，僵持再三，最后还是让步。他那一脸无奈的样子和六年前找工作时简直如出一辙。

当时他想做一名记者，如愿应聘到报社跑新闻，每天生龙活虎的，好像找到了人生的意义所在。可他妈妈不同意，说记者这份工作太操劳，影响恋爱、婚姻，对身体不好。她用尽了所有方法，后来干脆跑到他住的地方，每天以泪洗面，说自己失去了活下去的希望。他没能扛住，最终妥协换了工作。

同样的语言，同样的心境。

我们都劝他：生活是自己的，人生也是自己的，应该再坚持一下，坚定一点。可他最终还是没有听我们的劝说。

我很怀疑，这样的事情是否还会发生，他是否还会因为这种裹挟不想结婚的时候草草结婚，不想生孩子的时候草草生了孩子……

如果爱没有界限，我们就会一点一点失去自己的生活。

2

每个人都有自己的人生，我们应该对自己的人生有完全的决定权。

我记得刚结婚时,母亲每天都劝我生小孩:"再不生就老了。""我同学都抱孙子(孙女)啦。"

劝说无效,便唉声叹气、愁眉苦脸地向我施加压力。

无非还是那一套。

——你不听话。

——你不孝顺。

——你让我很生气。

我当然想要满足她的愿望,但不管是工作上还是心理上,我和先生都没有准备好。这令我感到内疚,甚至一度动摇,但好在理智及时制止了我——贸然要一个小孩,不管是对孩子,还是对我们自己的人生,都是不负责任的。

这世上的大多数事情都是可以通过沟通解决的,大多数道理也是能够说明白的——只要你意志足够坚定。我对我母亲讲,我很爱她,大多数情况下我也愿意满足她的愿望,但对生孩子这件事不能草率做决定,如果她真的喜欢孩子,她可以通过很多种方式满足自己,但想让我生一个孩子,就干涉了我的生活。

我们虽然是母女,但我们各自有自己独立的人生。

真正的爱是能给予对方自由和尊重的,而不是用身份捆绑,让对方按照自己的意愿去做。

也许是因为我态度坚决,几次之后,母亲就不再勉强我了。

其实这是一件很荒谬的事情。一个人喜欢孩子，却让另一人为她生。如果二人不是母女、婆媳、父子，完全说不通，为什么放在母女、婆媳、父子身上似乎就合理了？

因为我们都默许了家庭生活中是没有界限的，而大多数的家庭矛盾也都是由此而来的。

我们能控制的是我们自己，而不是别人，我们也只能用自己的价值观指导自己的生活而不是别人的生活。

父母干涉成年儿女的生活，成年儿女也干涉父母的生活。我们让渡自己的自由，又剥夺了别人的自由，快乐的又是谁呢？

3

我的那个朋友后来真的像我们想的那样，和家里安排的相亲对象结婚了。

婚礼那天，两个人站在司仪面前凝望着对方喝着交杯酒。

他说，那一刻他看着她，好像真的找到了心中所爱，但实际上他心里知道，不是的，他一直没有爱上过她。

婚后，他的宝宝在他母亲的期待下如约而至。

我曾问他婚姻是否让他更快乐。

他自信地看着我说："婚姻最重要的不是快乐，而是责任——对父母的责任，对孩子的责任。"

结婚了，父母便不再有烦忧。

维持婚姻，孩子才能有完整的家庭。

一个把婚姻仅仅视作责任的人怎么可能从婚姻中得到快乐呢？

其实，从他放弃工作、放弃领养宠物的那一刻开始，他就已经彻底失去了自己的生活。

过不下去，就离婚吧

1

闲来无事刷微博，收到一条求助私信，是个女生发来的，说自己结婚三年，丈夫豪赌烂饮，婚前积蓄赔得精光，房子卖了，车子也卖了，可刚替他还完钱，转眼他又去赌了，不管挣多少，都填不了这样的无底洞。她非常绝望，甚至有了轻生的念头。

我问她有没有想过离婚，她说想过，但自己生活在一个小地方，还带着孩子，一想到离婚要面对亲戚朋友的闲言碎语，要面对婚姻失败的事实，就打了退堂鼓，所以没有离婚。

换作以前，我一定会劝她：忍忍算了，孩子都有了，又住在小地方，离婚之后生活未必会更好。但现在我不这样认为。离婚女性遭到歧视本就是一个错误的观念，迎合这样的观念，无异于做了歧视的帮凶。何况婚姻是两个人的事情，如果一方放弃了努力和经营，那么婚姻的质量一定不会高；而生活是一个人的事情，只要你想过得精彩，你总有办法让自己精彩。

2

据说北京平均每天有150对夫妻办理离婚，2013年的离婚率比2011年增加了百分之四十二。

老一辈的人把离婚率居高不下归结为时下的年轻人对婚姻的态度不端正，说他们把婚姻当儿戏，不明白"婚不能随便结，也不能随便离"。

话听起来好像挺有道理，可是什么叫作"婚不能随便结，也不能随便离"呢？

不能好好相处的人再勉强也很难和谐相处。

离婚率的高低和婚姻本身没有关系，而是和我们看重的东西有关——看重婚姻的形式，还是婚姻的质量？老一辈的人看重婚姻的形式，所以婚姻内的摔摔打打、伴侣间的形同陌路都无所谓，只要婚姻的形式还在就是圆满的。而时下的年轻人更看重婚姻的质量，就像鞋子穿在脚上，舒不舒服只有自己知道，再好看也不能委屈了自己。

从前那些坚持不离婚的人婚姻都幸福吗？

新闻里，一个六十多岁的老太太净身出户，房子没拿，钱也没拿，独自一人搬到了外面。记者问她："为什么这么大年纪还想要离婚呢？"她说："丈夫家暴，以前不敢离，也不敢和人说，总安慰自己熬到年纪大了就好了。谁知道年纪大了还打，算算人生也没有多少年了，不如豁出去。虽然环境简陋，但住得舒服呀，不用伺候人，更不会无缘无故被他打骂。"

很多人赞赏老太太的勇气，我只可惜了她的青春——要是没有那种"不能随便离婚"的观念，老太太大概也能早点离婚，而不必躲在婚姻的空壳里假装幸福，直到风烛残年。

当然，开始一个正确的选择，晚了总比没有好。

3

现代社会仍旧有不少人认为离婚是一件不好的事，觉得离婚后不仅要面对旁人的闲言碎语，而且很难再寻觅到合适的伴侣；认为离婚意味着婚姻失败，进而认为人生也是失败的。

很多离过婚的成功人士在离婚前也是这么想的。

民国作家苏青在从事写作之前不过是一个可怜的家庭主妇，向花钱如流水的丈夫讨家用还挨了巴掌，不得不拿起纸笔，自力更生，与丈夫离婚后，写下《结婚十年》，一时名声大噪，又借机创办刊物，认识了一干政界、文化界的名人。

陆小曼不爱包办婚姻里的将军丈夫，离婚后嫁给了会为她写《爱眉小札》的徐志摩。还有这个故事里的张幼仪，怀着孕呢，就被徐志摩抛弃了，可她离婚后自立自强，先是到国外读书，接着又回国经商，成了鼎鼎有名的企业家，三十多岁的时候还和比自己三岁的苏纪之喜结连理。

倘若没有离婚，她们永远都只是得不到爱和尊严、在婚姻中苦熬的女人，而离婚却让她们真正拥有了本来就属于她们的幸福。

是否能活得精彩是自己把握的。一段走不下去的婚姻并不意味着失败，而固执地坚守一段走不下去的婚姻才是真正的失败。

何况，与幸福比起来，舆论又算得了什么呢？我们要有"走自己的路让别人说去"的勇气，才能经营出更精彩的生活。

4

我始终觉得，婚姻不是必需的，结婚更不应当是一种牺牲，如果两个人在一起没有一个人快乐，那么或许婚姻本身就不该开始。

给自己找一万种理由拒绝结束本该结束的婚姻，甚至把不离婚归因于孩子——离婚了孩子怎么办？我想给孩子一个完整的家。

可孩子在无爱的婚姻中会快乐吗？一个整天吵吵闹闹的家又怎么算得上完整？

给自己不离婚找诸多借口，不过是因为胆怯和对未来不自信罢了。

婚姻因爱而结成，因不能和谐相处而结束，这是一个自然而然的过程。

过不下去就离婚，这不是一件不好的事情，也与旁人无关。

今时今日的女性更应该有这样的觉悟和坚持，也只有这样，才能打破人们对离婚群体的偏见。

有时候你得接受感情的不纯粹

1

朋友今年二十五岁,刚研究生毕业步入社会工作。他最近抑郁了,因为他说他发现在过去的二十五年里,他所有的认知都是错误的,而最大的错误是他以为父母真的爱他。

"他们现在一见面就和我说谁家的孩子买房子了,谁家的孩子换新车子了,谁拿了多少钱给父母盖房子……他们不问我快不快乐,不问我工作辛不辛苦,他们关心的只是他们自己的面子。"

这个朋友从小到大都成绩优秀,但开始工作才发现原来父母还会在乎这一点,这让他很难过。更让他难过的是,在和别人抱怨时,他发现大部分父母都是这样的——他们希望你做的很多事情不是因为能让你快乐,而是因为能让他们快乐。

朋友非常失望,他说这不是真正的爱。

大多数人一生都需要学习怎么爱一个人,可是大多数人一生都没有学好。

我问朋友:"虽然找到了他们不爱你的证据,但能不能同样找到他们爱你的证据呢？"

朋友想了想，说："能，他们总是把好的东西留给我……"

2

王菲有一首歌叫《执迷不悔》。

我总觉得歌名取得特别好。"不悟"和"不悔"只有一字之差，但在表达程度上，"不悔"比"不悟"不知高出了多少个段位——"不悟"是看不透，"不悔"是看透了依然如故。

我常常用"执迷不悔"来形容我一哥们儿。

他长得很难看，难看到虽然很有钱却依然找不到女朋友。但两年前，他脱单了。

女朋友意外的肤白貌美，不仅如此，还很会来事儿。他请我们吃饭，这女孩就挨个给大家倒酒水。他要帮忙，她说"没事，没事，我来就好"，殷勤得一看就有猫腻。果然，不出一个月，女孩的肚子就露出了端倪。

我们把哥们儿拉到一旁，问："孩子是你的吗？"他摇摇头说不是。我们又问："那你打算怎么办？"他说打算和她结婚。

知情者都说他傻，那个女人根本不爱他，不过是怀孕了，一个人养不起孩子，就找个老实有钱的"接盘侠"。谁知他毫不理会这样的言论，婚礼如约举行，不仅如此，他还把一套房子写上了她的名字。

我问他怎么想的，他半开玩笑地说道："她看上我老实、有钱，难不成我还非得扬短避长，让她去爱我的外貌吗？"

他心里这么清楚,作为朋友也没有什么好说的了,只希望他求仁得仁。

孩子出生后半年,一场车祸让他住进了ICU——颅脑损伤,每天的治疗费用就要好几万。我们都以为那个女人会放弃他,但过了一个月、两个月、三个月,她竟然没有放弃他。存款花完了,就卖房子,硬是靠着几百万换回了他的命。医生说:"以后会有后遗症,腿脚恐怕不会很灵活。"她说:"谢天谢地,能活过来就好。"

病愈出院,大家又聚在一起吃饭,她还是挨个给我们倒酒。一起去卫生间的时候,她喝得有些多,拉着我说:"我知道你觉得我看上了他的钱,看上了他人老实,的确,我是看上了这些,可这不代表我对他没有感情啊,毕竟我和他是同床共枕的夫妻。"

我一时间不知道该怎么回答,只是对当初的偏见感到有些羞愧。

这世上没有纯粹的"好",自然也没有纯粹的"不好"。两个人生活在一起不吵不闹,总有些恩义在里面吧?又凭什么因为有所图就否定了一段真情呢?

3

对于大多数人而言,爱或者不爱都没有那么绝对——父母或爱人给不了你完美的爱,但也不至于一点温情都没有。

你可以找出很多他们不爱你的证据,但同样你也可以找出很多他们爱你的证据。

他们爱你,因为你是他们的孩子,是他的妻子,是他的丈夫;

他们不爱你,是因为他们对你有欲望和期待。

大多数感情其实都是这样。谈恋爱看条件:漂不漂亮,有没有钱,学历如何,身材几许。相处也看条件:你对我好不好;我对你有没有私心;你对我不好,我便也对你不好。

我们可以致力于追求更理想、更纯粹的爱,但我们也应该知道,很多感情并没有那么理想,也没有那么纯粹,我们只要承认它不纯粹就好,没有必要因为不纯粹否定了所有。

把期待放低一些,人也会快乐一些。

过日子，就该找个仗义的人

　　朋友说，想结婚了，找个什么样的人结婚好呢？我说找个仗义的吧。

——题记

1

　　结婚虽然不是一件必须的事情，但找个爱人共度岁月，哪怕只是人生中的某一段岁月，总比在世间踽踽独行来得快乐。只是爱人不是那么容易找到的：你爱上的，未必看得上你；看得上你的，你又未必喜欢；初时两情相悦，又发现相处很难——感情在一次又一次的争吵中消磨殆尽，成了歌里唱的"最熟悉的陌生人"。

2

　　在即将迈入三十岁大关时，我忽然明白了一件事——爱情其实是个伪命题。它伴着荷尔蒙来，又伴着荷尔蒙走，像是一个幻觉，掺杂着欲望、激情，还有自己营造出的假象。不管是影视作品，还是文学作品，所有荡气回肠的爱情故事都必须有生离死别，《魂断蓝桥》是这样，《梁祝》也是这样。因为写故事的人太明白，一旦他们开始居家过日子，魂牵梦萦的爱情就没有了，故事也就跟着结束了。柴米油盐、一鼎一镬里哪有什么荡气回肠？

可惜，那些视爱情为信仰的人却没看明白这一点，受了故事的蛊惑，终其一生走在追逐爱情的路上。恋爱时信誓旦旦，相处后又怅然若失，在一次又一次的"失败"中，对爱情失望，对自己失望，感叹着孤独终老。

"一个男人和一个女人能长相厮守吗？"多少痴男怨女在受了感情的伤后产生这样的怀疑。

我从未怀疑过这句话。

尽管爱情是个伪命题，但在朝朝暮暮的相处中培育出来的牵挂、希望对方幸福、希望对方快乐的心境却是真实的。

爱一旦产生，就会留在心底，再也不可能消失。

3

弗洛姆说："爱是一种能力，而不是一种体验。"

更年轻一点的时候觉得这是一句不可理喻的话，因为这意味着，如果你有爱的能力，那么你可以去爱任何一个你想爱的人，但一个人怎么能爱上任何一个人呢？

经历的事情多了，我发现这其实是一句真理。你对一个人产生好奇心，想要了解他，也想要被他了解，想要和他待在一起，想要和他说很多很多的话，但那是爱吗？不是，那是一种吸引力。一旦遇到困难，这样的吸引力就不足以使你留在他的身边；一旦生活归于平淡,这样的吸引力也不足以使你甘于这份平淡。

当你不知道怎么去爱一个人的时候,这种情感甚至容易演变成捆绑和占有:你要求她能作你的内助,照顾好家,让你在外安心打拼;她要求你独当一面,宽容她,体贴她,处处让着她,满足她……

爱理所当然地包含着对对方的成全,真正的爱是允许对方做自己,而不是要求他变成你所希望的样子。

其实,不仅大多数的情侣不懂得怎么去爱对方,大多数的父母也不知道怎么去爱自己的孩子。

在爱情里,我们总是功利又懵懂,表白得太过轻巧,离开得也太过轻巧。

4

大多数的人没有那么好的运气,能遇上一个吸引自己,恰巧也被自己所吸引的人。

你喜欢高富帅,他偏偏是个矮矬穷;你喜欢浪漫风趣,他偏偏老实刻板。这个恋爱谈还是不谈呢?有些人自我审视一番,发现自己也没有多么优秀——收入不够高,相貌不够好,那就谈吧;有些人却秉持着不将就的原则,严防死守,一定要等到心中的那个完美的人出现,宁缺毋滥。

以前觉得后者的态度更对,现在却慢慢有些动摇了。因为年纪越大越发现这世上根本没有什么完美的人,灵魂伴侣是个骗局。如果你不去了解这个人,你永远都不可能爱上真正的他;如果你去了解这个人了,你从前看到的可能就是个假象。所以,不谈这个恋爱,你永远都不会知道他到底是个什么样的人;谈了这个恋爱,他可能并不像你原本以为的那么完美。

于是,"选你所爱的人"这样的命题,慢慢就变成了"选一个什么样的人去爱"了。在越来越频繁的接触中,明眸皓齿会被淡化,幽默感也变得没那么重要了,相处的要求慢慢就变成了生病时的照料、困难时的携手、收获时的分享……

这没有一点仗义的精神,还真做不到。

对于马蓉和王宝强的婚变,大家都说错在出轨和背叛。我觉得不是——出轨不是这段婚姻中最错误的事,最错误的事是一个人什么都想要。倘若大大方方说一句"对不起,我不爱你了,我愿意净身出户",又怎么至于千夫所指呢?没有钱的时候想要钱,有了钱又想要激情,激情得到后还惦记着钱,这就不仗义了。虽然王宝强把妻子推到风口浪尖并不仗义,但有了马蓉的不仗义在先,所以也少有人指责。

所以啊,选一个仗义的人去爱很重要。即便她不懂得沟通的技巧、浪漫的招数,但因为仗义,你对他好,他就愿意投桃报李;因为仗义,在你人生里需要他的时候,他愿意默默相伴。即便激情可能逝去,但那份日积月累的深厚的情感还在;即便一段关系真的结束了,但谁也不贪谁的那点东西,谁也不对谁恶言相向:这才是一段陪伴应该有的样子啊。

什么风花雪月、曲折离奇,都比不上江湖儿女之间的那点仗义。

别再说"我爱你"了,"我爱你"值几个钱

1

闺蜜恋爱了,恋爱对象是个有家室的大学教授。整个暑假两个人都腻歪在一起,陶醉于海誓山盟、地老天荒之中。一个非君不嫁,一个非卿不娶,就等着教授与发妻离婚后再结连理。谁知道这婚还没离成,教授的发妻就发现了他们的奸情,叫来了双方父母。教授怕影响不好,赶紧和闺蜜分手了。闺蜜哭得死去活来,恨不相逢未娶时。

我担心闺蜜想不开做傻事,只好每天二十四小时陪着她。她向我哭诉他曾经多么爱她:深夜出现在她家门口,陪她彻夜长聊;亲自下厨给她制造惊喜;甚至在一天之内对她说了521句"我爱你"……

不知是爱情让人变得无知,还是因为无知才会遇见这样的爱,在这段关系里,她没有收到过一个像样的礼物,甚至连开房都贪图便宜从未去过酒店,却仍旧觉得自己被爱着。

"除了翻来覆去的'我爱你',你得到过什么?"

"我爱你"能值几个钱?

2

人到了一定的年龄,对于这类的话就会免疫,因为你知道,他(她)说一万次"我爱你",不如他(她)真正为你做点什么。对于情场老手而言,漂亮话太容易脱口而出,他们满腔深情,甚至能感动自己,可你得看,他房产证上写谁的名字,赚了钱工资又交给谁,花在谁身上。

爱来爱去,那些实在的东西还是交给了他的太太(先生),所以给你的又怎么算得上是爱呢?

男人临死前找来了自己的初恋和妻子,将珍藏了一生的日记本交给了初恋,告诉初恋自己心里一直爱着她,而后把存款、房产都给了妻子,让她好好生活。那么,这个男人爱的究竟是初恋,还是妻子?

更年轻的时候觉得他爱的是初恋:在婚姻中和另一个女人朝夕相处了一辈子还没忘记自己的初恋,临终还挂念着她,不是爱是什么?对妻子的赠予明显只是出于责任。可随着年纪渐长,看法开始改变。

因为怕妻子难过,不敢提出离婚;担心自己身故后妻子没有足够的钱继续生活,把所有的钱财都留给了妻子:这不是爱是什么?

至于初恋,不过是一种对青春的怀念罢了。

如果把这个故事中的角色换成父亲与两个儿子,你就明白我所说的意思了:父亲说自己放心不下大儿子,可是却把钱财都留给了小儿子，那么他是爱大儿子还是小儿子呢？

爱情不是一种凭空说说就真的存在的东西。

爱情也是需要证明的！

3

当我们爱上一个人的时候，会恨不得把这个世界上能给的东西都给他：路上看见好吃的，商店里看见好玩的，书店里看到好故事……都希望他也能够吃到、看到。有时候甚至恨自己能力不足，给他的还不够多；分身乏术，陪伴他还不够多，又哪里会计较那些身外之物呢？

年纪小的时候喜欢强调爱情的"纯粹"，好像一和金钱挂钩爱情就失去了本来的面目，于是小心翼翼维护着爱情的纯洁。逛街的时候不敢让男性朋友陪，生怕对方误会；节日的礼物也必须等价等量，谁也不占谁的便宜。

年纪稍微大一点，又开始喜欢考验，于是旁敲侧击地暗示要礼物，礼物到手赶紧查看价格：要是买得贵，就会欣喜万分；要是买得便宜，就会纠结他是不是不爱自己了。

现在则通透多了：爱是相互的，你爱他，自然愿意对他好，愿意在他身上砸自己的血汗钱；他不爱你，自然不会对你好，不舍得为你花钱。能接受，就继续爱；接受不了，就转身离开。哪里需要猜来猜去，寻找蛛丝马迹，自我折磨？

钱不一定能证明她（他）爱你，但不肯为你花钱一定能证明她（他）不爱你。

4

相貌平平的女孩和摄影师筹划着结婚,女孩的母亲来到二人的住处帮忙。房子里贴满了大大小小的模特的照片,却没有那个女孩的照片。母亲问:"他怎么不拍你呀?"女孩说:"我又不是专业模特,有什么好拍的。"两个人婚后一年就分手了。女孩很快又有了新的感情,这回是个画画的。母亲又来到二人居住的地方,房间里有许多以女孩为模特的画,两人最终白头偕老。

这是好几年前看过的一个故事,当时觉得很无趣,大约是某个作者为了写文杜撰的,但现在觉得即便是杜撰的,这个故事也还是有一点道理的。假如一个人真的爱你,那么他的生活中一定会方方面面都有你——他会和他的朋友们不厌其烦地讲起你,会在他的作品里展现你,如果他没有这样做,那么你在他心中的分量或许就不是那么重了。一个诗人为爱人写一首情诗不足为奇,一个画家为爱人画一幅肖像也不足为奇。一个诗人为爱人去码头上卖苦力,一个画家为了爱人去和武士决斗,才是真正的难能可贵。真正的爱里总是包含着一点牺牲精神,你有多爱他,就多愿意为他牺牲。

对那些早已过了少年时代的人而言,"我爱你"这句话是最廉价的告白。

除了疾病和贫穷，一切痛苦都来源于价值观

1

凌晨五点，小雅敲开了我的房门，她说她决定离婚。

这不是她第一次说这样的话，但与以往哭哭啼啼不同，她这回看起来特别平静，眉眼里甚至还有一点点喜悦和憧憬。

"你都想好了？"我试探着地问她。

她点点头道："你应该祝福我！"

我张开双臂给了她一个拥抱，说："我祝福你！"

我们一起去阳台上抽烟，聊了些前尘往事和对未来的期许。

她不再像从前那样害怕独自面对生活，眸子里有着一个独立女性特有的勇气。

"在泸沽湖畔有一个摩梭族，那里的女人一辈子都在谈恋爱……"我和她说，她笑了起来。

小雅是我十几年前认识的女孩。那时候我很年轻，还在念书，她也很年轻，不过她没有念书，而是在广东的一家玩具厂里给娃娃

装头发。

我们是在网上——一个聊素描的论坛里——认识的。我当时画了一幅女孩的肖像,她说那个肖像里的女孩就是她,我不信,她就给我传来了照片,照片上的她美得惊为天人。

我说:"你长得好漂亮。"

她警觉地问:"你是GG还是MM?你要是GG,我就不和你聊了,因为我有男朋友!"

我说我是MM。于是我们成了朋友。

我们一起听S.H.E的《热带雨林》,听4 in love的《一千零一个愿望》,隔着屏幕、戴着耳机一起唱"明天就像是盒子里的巧克力糖,什么滋味,充满想象"。

她也和我说她的男朋友,说他为了她在工厂里和人打架,说他给她买了一个戒指花了三百多块钱,还说自己以后要嫁给他。

后来他们就住到了一起,再后来就结婚了。我高中毕业的时候,她的第二个孩子出生了,我坐火车去她所在的城市看她。

那时候她正在创业——从老客户手里接了做布娃娃的订单,又用订单作抵押借来了钱,硬是把濒临倒闭的工厂给盘了下来,起早贪黑,只为了能在城市里立足,过得更好。

她后来也的确挣了不少钱,就把工厂交给先生打理,自己专心在家带孩子。只是好景不长,他的先生爱上了赌博,而且还有了外遇。

那个从前为他打架的男人开始打她,开始不回家也不往家里拿钱。她打电话给我,哭着问我怎么办。我说:"离婚!"

她说：“我带着两个孩子，怎么离？哪个男人会要我？”

我说：“人又不是为了结婚而活着，况且你那么好，哪个男人会不要你？”

她又说：“离了婚的女人多不幸福，家里父母、亲戚怎么看我？”

我说：“你自己高兴就好，管别人怎么说。”

她说：“你看你，还是太年轻，一点也不懂。”

……

每次谈话都会变成一种无限循环的模式，围绕着同样的主题，说着同样的宽慰她的话，有着同样的苦恼……

我当时不明白，人总是趋利避害的，婚姻既然没有带来更多的自由和快乐，那么不要婚姻不就好了吗？再说婚姻是自己的，父母和亲戚又不曾感受到这份婚姻里的不幸，又有什么资格对离婚的决定不满？

后来我明白了，人的确是趋利避害的，只不过对小雅来说婚姻很痛苦，可"离过婚的女人"这个身份本身却比婚姻更令她痛苦。她宁愿忍气吞声地把妻子的角色扮演下去，宁愿拿着自己赚的钱一点一点替他还赌债，甚至宁愿自杀结束这份痛苦，都不愿意离婚。她哭，她抱怨，她一度胖到140斤，又一度瘦到80斤。

我不知道她又经历了些什么，让她有这么大的变化，我只知道那天早晨临走的时候，她对我说："丫头，除了疾病和贫穷，这世上的一切痛苦都来源于你的价值观！"

她带走了两个孩子,还让他们改了姓。她变得快乐多了。她说要知道这么快乐,早就该离婚,反正他从来没帮忙带过一次孩子,从来没做过一次家务。现在她空闲的时候还会和女儿一起学画画。

2

能在三十出头的时候忽然想通这一切是一种幸运吧。我不知道如果换成我,在同样的环境下,面对同样的困难,是否能有这份豁达。毕竟太多的人被困在自己筑起的城墙里,抱怨着无望,却没有意识到其实只有自己能让自己远离痛苦。心理学上管这叫作情绪ABC,大概的意思就是:一件事情发生之后,真正给我们带来影响的其实并不是事情本身,是我们对事情的看法,当我们认为这个事情"不合理"的时候,我们就会痛苦。比如,对小雅而言,离婚后自己一个人过并不困难,因为她在各个方面——操持家务、挣钱、带孩子——都是一把好手,但她对离婚秉持的观念让她不敢离婚,也因此陷入痛苦。

在某段时间里,她甚至宁愿离开这个世界,也不愿意离开婚姻。

3

在微博上收到了一封私信,发私信的是个女孩,她说她以前遭到过性侵,现在到了谈婚论嫁的年纪,可是她不敢接受男朋友的求婚,她总觉得自己不光彩,配不上他,她感到难过,甚至想要一死了之。

我问她:"为什么遭到性侵后不光彩的是你,而不是性侵的实施者呢?"

她答不上来。

我又问她:"为什么觉得被性侵过就配不上男友,难道男友因此遭受到了损失吗?毕竟身体是属于你自己的,而不是属于他的!"

她仍旧答不上来。

最后她说:"你没有受到过这样的伤害,你不懂。"

我说:"不是我不懂,是你囿于自己的价值观无法自拔。"

潜意识里她始终认为自己的"贞操"是属于男友的,她没有保护好自己的身体,被人玷污了,所以她才会感到不光彩,对不起男友……

然而,她的贞操和身体怎么会是属于她男友的呢?

在现代价值观里这是荒谬的,但处在荒谬里的人却不自知。

三十岁前还没有结婚是人生的失败。

因为无法生育,所以人生不再完整。

家里没有男孩就是断了香火。

……

在这些极其相似的观念里,他们品尝着不幸,埋怨着不幸,制造着不幸,却没有意识到,这些不幸本就没有存在的必要。

见过的人越多,听过的故事越多,就越能深刻地体会到小雅临走前和我说的那句话是多么正确:"这世上除了疾病和贫穷,所有的痛苦，都来源于价值观。"

4

为了让自己在自认为"正确"的观念里行走，很多人到了结婚年龄就草草结婚了，然后又草草生下孩子；为了稳定或体面，做着自己根本不喜欢的工作……这些人几乎体会不到生活本该有的乐趣，却固执地认为：如果不这样做，才会真的痛苦，才是偏离了正轨。

这个世界上哪有那么多正轨？

有些人喜欢同性，可他们不敢说出来，因为"出柜，会伤害到我的父母"！

有些人无法生育，可是又拒绝领养，因为"领养来的孩子不是自己的"。

有些婚姻早已没有必要继续，却还在苦苦煎熬，因为"离婚意味着失败"！

……

我们说了太多这样的话，却忘了反思。

出柜为什么会伤害到父母？如果父母真的爱你，比起面子，他们更应该希望你快乐。

想要一个孩子却无法生育为什么不选择领养？人生不会因为生育变得完整，生育的前提是你由衷地喜欢孩子。

如果离婚是一种失败，那么没有爱的婚姻就意味着成功吗？我们的痛苦、我们的烦恼、我们的牺牲在多大程度上是必要的？

很多时候如果能跳出来想一想，大多数人的生活都会过得更好。然而可惜的是，大多数人都是把自己困得太紧，逼得太紧。一步之遥可能就是海阔天空。

姑娘，你其实没有你自己想的那么优秀

1

在男权社会中，女性通常不会被要求有太高的成就：大学毕业后在事业单位有一份稳定的收入，能够被称为优秀；喜欢健身，热爱运动，头发长，身材好，也能被称为优秀；会摄影，常旅游，在社交平台上有一些粉丝，更是优秀；甚至于只是文笔不错，会一两种乐器也算优秀。

而相比之下，对同龄的男孩的要求就苛刻得多。在事业单位工作几乎是个底线，至于是否优秀还得看收入，职位，成长潜力，有没有上进心，有没有房子、车子，能不能负担得了另一个人的生活。

所以，对于条件相同的男生和女生，女生的追求者比男生的追求者多得多。相貌稍微不错，有些小情趣，爱旅游，会摄影，月薪四五千的女孩，想找一个月薪两万、有房有车的男生并不算特别困难。而月薪四五千，爱旅游，会摄影的男生别说找个优秀的女孩了，想找个女孩结婚都不太容易。

所以一些年轻的尚未有什么成就的男孩嚷嚷说男女不平等的情况太严重，但地位低的不是女性，而是男性。谈个恋爱不仅要承担大多数的开销，还得像哄祖宗似的哄着女朋友——要包容，要谦让，要买买买。而年轻的女孩们大多也认同这样的观念——你负责赚钱养家，我负责貌美如花，就是你去外面挣钱，我享受生活就好。

于是，我们常常会看见一种奇怪的现象，条件相同的年轻女孩的生活质量比年轻男孩的生活质量高。她们敢把大多数的钱花在衣服、化妆品、旅行以及个人享受上面，殊不知眼前的消费和享乐是"敌人的糖衣炮弹"！

2

等到年纪大了，婚嫁市场就完全不同了。

一个四十多岁的男人总是很容易就能找到一个二十多岁的女人，而一个四十多岁的女人想找一个二十多岁的男人就像是天方夜谭。

你以为这是因为男人的青春期更长，女人的青春期更短；女人喜欢年纪大一点的男人，而男人不喜欢年纪大一点的女人。事实却是，王菲三十岁的时候和十九岁的谢霆锋相恋，1941年出生的陈少华俘获了1952年出生的"唐僧"迟重瑞，还有马伊琍和文章，陈松伶与张铎：不是女人的青春期短，是一个四十多岁的女人通常没有一个四十多岁的男人有阅历、有魅力、有能力。在过往的岁月里，她们活在自己很优秀的幻觉里太久，忘了向上拼搏；活在"你负责赚钱养家，我负责貌美如花"的假象之中，失去了竞争力。

当美貌不再的时候，靠什么来交换社会资源呢？

那些年纪大了依然有市场的女人不是因为姿色而是因为能力。能力就是阅历、魅力。而青春，每个人都曾拥有，每个人也都会失去。

在女人不需要有太多成就的观念下，从进入婚姻开始，丢掉二十多岁的少女身份以后，能让女人痛快的日子就越来越少了。男人手中的资本越来越多，在职场上越来越风生水起，而女人却秉持着"女人那么拼干吗，有男人就好"的观念，变得庸庸碌碌，十年如一日地待在同一个岗位上，生活围绕着孩子和先生转，能够博弈的资本也越来越少，选择也越来越少。在劳务市场上，她慢慢失去了竞争力，在婚嫁市场上也一样。幸福与否不再掌握在自己手中，只能凭借运气：运气好，工作和婚姻都平平顺顺到老；运气不好，男人出轨了，工作没有了，一把年纪什么也不会，什么也不懂，天真浪漫也在过去的人生中消磨殆尽，连最后一丝可爱都没有剩下。

那些夸你优秀，在你努力的时候告诉你不要那么拼的人，都是你的敌人，他们是在教唆你把人生寄托在运气上。

拿出镜子照照，在自己的脸上添两道法令纹，加一点鱼尾纹，衣服换大两码，皮肤耷拉一点，你还有什么值得称赞的地方？

你的立身根本不是会做菜、爱健身、文笔好这么简单，因为论做菜，饭馆厨师做得比你好；十七八岁的姑娘不健身身材也匀称：文笔好、会摄影如果不能给你带来衣食，那几乎一文不值。所有的情趣都是建立在生活之上的，我们的错误在于总以为自己早已有了生活，欠缺的就是情趣。可这生活，你真的能自己挣来吗？

3

每当我说女人要自立自强的时候总会听见这样的反驳：假如一个女人太厉害，会让男人敬而远之，因为她们太优秀，和她们在一起时男人心里会有压力。

讲真，这样有什么不好吗？自动淘汰掉一批没有本事也没有宽容心的男士，简直是再好不过了。

那种非要找个比自己差的女人才能心里舒坦的男人得是多不健康，多狭隘？和这样的男人过日子，即便他真的比你优秀，婚姻也无法维持平衡，因为他永远不会支持你去获得成就，他永远要通过你的不好来衬托自己的好，他们骨子里自卑、脆弱、自以为是。

当你有新的发展时，他们总会以各种借口来阻止，比如，家里需要你，我需要你，孩子需要你，又或者你根本不行，你别异想天开……

与其在迈入婚姻之后才幡然醒悟，还不如在最开始的时候就把自己变得更强，强到足以淘汰掉他们。你要相信，真正的爱是会为对方的成就产生发自内心的喜悦，而不是忌妒与不甘。

用一个男人的标准来要求自己，就算在同样的条件下男人获得社会资源比女人容易，我们也不能放弃奋斗，而是更应该去努力，因为只有这样,我们才能得到认可。当有一天不再有人说"女人不需要太优秀,女人不擅长机械智力,女人不擅长在职场打拼"的时候,才是我们赢得真正尊重的时候。